Reunion with Murder

Timothy Fuller

論創海外ミステリ

Ronso Kaigai MYSTERY 144

ハーバード同窓会殺人事件

ティモシー・フラー

清水裕子◎訳

論創社

Reunion with Murder

1941

by Timothy Fuller

目次

主要登場人物

ジュピター・ジョーンズ……………………ハーバード大学卒業生。私立探偵
ベティ・マハン………………………………ジュピターの婚約者
エド・ライス…………………………………ハーバード大学卒業生。漫画家
トマス（トミー）・ハントリー・ブラッグドン……ハーバード大学卒業生。政府職員
シャーマン・ノース…………………………ハーバード大学卒業生。不動産管理業者
アン・ノース…………………………………シャーマンの妻
ジェーン・リトル……………………………アンの妹
ネルソン・デイヴィス・カートライト………ハーバード大学卒業生。弁護士
ハーラン・ブラウン…………………………ハーバード大学卒業生。俳優
リチャード・ケアリー・マシューズ…………ハーバード大学卒業生。農場経営者
ジョン・X・オニール…………………………ハーバード大学卒業生。元軍人
ローレンス・フッド・ウィンストン…………ハーバード大学卒業生。ポロの名手
スティーヴンズ………………………………サイオセットビーチホテルの支配人
チャールズ・パーディ………………………サイオセット警察の署長
ワトキンズ……………………………………地方検事
モース…………………………………………州警察の警部

ハーバード同窓会殺人事件

マーサへ

第一章

シャーマン・ノースの遺体は、サイオセットゴルフ倶楽部の十一番ホールティーグラウンドまであと二フィートというところに横たわっていた。タキシードを着ており、仰向けになって両脚を揃え、両手は体側につけている。ティーグラウンドは松林の影になっていたが、木漏れ日がさしこんでおり、風で林の木々が揺れるたびに顔や体のうえで明るい光の断片が踊っていた。ノースはしなやかな白シャツを着ており、襟はしわくちゃでブラックタイは首の横のほうにずれている。ときおり、タイが風を受けて数秒間はためいて、首に当たってかすかな音を立てていた。

十番ホールのグリーンではひとりのゴルファーが八フィートパットを打つ準備中で、対戦相手が静かにグリーンの端に立っている。彼はようやくボールのところにやってくると、数秒間、腰を屈めて狙いを定め、縁《へり》をとらえてパットを沈めた。

対戦相手が「パット」と言うと、旗を持つためにキャディが歩みよった。

ふたりのゴルファーはそれぞれパターをキャディに渡し、ドライバーを引き抜いた。キャディたちは林を抜けて十一番のフェアウェイに向かうためグリーンから外れて歩き去り、ゴルファーたちは次のティーグラウンドを目指して低い丘を登りはじめた。

ジョー・ポーターとピーター・アップルトンが一緒にゴルフをするのは十年ぶりだった。「十年ぶり」という言い方は「おおよそ十年ぐらいの期間」という意味である場合が多く、実際は八年であったり、十一年、あるいは十二年だったりする。だが、ここでいうのは実際にきっかり十年だった。なぜなら、彼らが最後にふたりでゴルフコースを回ったのはハーバード大学四年生の春で、卒業後十年目の同窓会で再び一緒にプレーしているからだ。この対戦は二ヵ月前から約束していたもので、そんなに早くから決めているなんて馬鹿じゃないのと揶揄されたために、他のクラスメートたちより、一足早くコースに出ていたのかもしれない。

ティーグラウンドに歩みよりながら、まずはポーターがノースに気づいた。「みてみろよ、ピート。ここに酔いつぶれた奴がいるぜ」

アップルトンが口笛を吹いた。「シャーム・ノースじゃないか。すてきな場所で夜を過ごしたもんだ」

ノースは泥酔してゴルフコースで眠っているように見えたので、アップルトンがこう思ったのも無理はなかった。強いて違う点といえば、タキシードの胸ポケットのところにある黒っぽい染みと、そのポケットからはみだしているハンカチの端についている血ぐらいのものだったからだ。

ポーターはノースに関わることで自分たちのゲームが邪魔されるのは嫌だなと思いながら、その場に跪《ひざまず》いた。彼はここまでを三十八打で終えており、アップルトンに一ホールリードしていた。膝をついて片手をノースの頭に伸ばしかけたとき、その男が死んでいることにはじめて気づいたポーターは、その瞬間、自分が膝をついていることに感謝したのだった。

「起こしてやれよ、ジョー。どうせ……」そのときポーターの顔を見たアップルトンは、手からドライバーを取り落とした。

あとから、ふたりでそのときのことについて話していたとき、アップルトンは自分がとっさに考えたのも、ポーターと同じ「これで今日のゴルフはおじゃんだな」ということだったと認めた。

ポーターは膝をついたまま後退り《あとじさ》、肩越しに振り返った。無意識のうちにそうしていたのだが、その間抜けな姿に気づくと、おもむろに立ち上がった。

「あそこに車が」アップルトンが言い、ティーグラウンドの先の木立の下に停めてある黒いセダンを指差した。

彼らは揃って、ノースよりもその車のほうを見つめていた。セダンにはだれも乗っておらず、ふたりがそれを見ていると、さっと風が吹いてまたノースのブラックタイをはためかせはじめ、彼らはぎくっとして飛びのいた。

彼らは少しの間、その場に凍りついたように立っていたが、やがてアップルトンが危機に瀕した人間だれもがやることを始めた。大声で助けを呼んだのだ。

「キャディ！」彼は怒鳴った。「おおい、キャディ。ここに来てくれ！」

社交の催しとしての同窓会は、楽しかった過ぎさりし時間を再び味わいたいと考えた少数の者たちが始めたものだったに違いない。たとえば、石器時代の大虐殺が思いのほかうまくゆき、その仲間たちが一年以内に集まってその思い出を語りあおうと誓うというように。しかし、そんな昔の気分を今一度味わうことなど至難の業だと悟った者たちの落胆ぶりを目の当たりにできたら、さぞかし興味深かったことだろう。来年もまた会おうという言葉とうわべだけの盛りあがりとともにお開きになるのは間違いなく、みな、内心では来年は絶対に参加するものかと固く決意し、これ以上に楽しく充実した社交の催しとしての同窓会などというものは人間の飽くなき楽天主義と、都合の悪いものを忘れ去る能力の象徴に過ぎないのだと、自分に言いきかせたはずだ。

ところで、ハーバードは他のあらゆる学内活動と同じように、同窓会についても、その威信を賭けて実施しようとする。強調されるのは大学時代を懐かしむことよりも、むしろ人脈を維持することだが、石器時代の名残もやはり失われてはおらず、会が開催される日にはそれが常軌を逸した馬鹿騒ぎというかたちで出現し、昔の気分に浸れないのは創造の力によって克服されるということをほぼ裏付けている。あの平和で幸福な時代を取り戻すことができないのならば、その代わりに同じような楽しいときを過ごしてやるというわけだ。

ハーバード大学の同窓会に向けた準備で最初にやられることが『クラスレポートづくり』である。調査票が送られ、そのうちのおよそ七〇パーセントが、全米文学界広しといえど類を見ないほどの猛烈な自己表現欲求とともに返送される。ハーバード大学のクラスレポートが保存されるとすれば、この社会におけるインテリ層の希望、不安、活動を未来の歴史学者たちに伝える格好の記録となるだろう。卒業生たちは多種多様な職業についているが、五年ごとに己の出世ぶりを宣伝することにかけては一様に熱心なようだった。

卒業十年目となる今回のクラスレポートに、シャーマン・ノースは次のように書いていた。

シャーマン・ノース
経営学。住所、マサチューセッツ州ボストン市ステイト通り四十四番地。一九三一年六月二十三日、アン・リトルと結婚。一九三三年三月十五日に長男シャーマン・ジュニア誕生。今回クラスレポートを書くにあたって机に向かったとき、戦争で引き裂かれた世界状勢と政治的混乱に対する個人的印象や見解を伝えようと思った。しかし考えてみれば、自分に言えることは、常識と分別を保っていることを誇りとする者たちによってすでに語り尽くされている。とは言え、このわたしが一九四〇年の夏と秋のほとんどすべてを費やして、ある偉大なアメリカ人が合衆国大統領に就任するよう尽力し、そして、その試みが失敗に終わったことはまことに遺憾ながら、いまのところ我々は悲劇的結末を迎えてはいないし、二千三百万人が厳格な統制と断固闘う勇気を失ってはいないということも伝えておきたい。ちなみに、それ以外の活動状況については前回のクラスレポートとほとんど同じである。夏はケープコッドでヨットに乗り、冬はスキーを少々たしなむのが、日毎に困難を増す多忙な不動産管理業から離れられたときの過ごしかただ。

ノースの遺体は彼の同期生たちによって、同窓会二日目である木曜日の午前十時半少し前に発見された。そして、同期生たちの大半がまだ朝食をとっていたサイオセットビーチホテルへ凶報が届いたのは、それから十二分後だった。

キャディが息を切らしながらホテルの木製階段を駆け上り、勢いよくスイングドアを開けてフロントに駆け込んできたとき、そこでは支配人のミスター・スティーヴンズが、沖釣りを楽しむ一行を乗せたバスは十分前に出発したと、落胆顔の卒業生二人に告げているところだった。

ミスター・スティーヴンズは丸い禿頭の男で、これまで同窓会に対応してきた経験から学んだ大原則は、どんな重圧のもとでも肩の力を抜くということであった。そのようにして、これまで自らの消化機能を維持し、客たちを宥め、毎年、この実入りのよい同窓会ビジネスを続けてこられたのである。

「支配人」キャディが息を切らしながら言った。「警察を呼んでください！」

ミスター・スティーヴンズがキャディのほうを振り返った。「なぜだね、ジョニー？」

「ゴルフコースでだれかが死んでいます」ジョニーは言った。「十一番ホールのティーグラウンドのところです。タキシード姿で倒れていて、撃たれてるんです！」

「なんだって！」卒業生の片割れが言った。この男は七年前にオックスフォード大学で博士号を取得している。

キャディは唇を舐め、三人の男たちに頷いた。「人殺しのようです、支配人」

別の卒業生三人がフロントにやってきた。

「ついていたお客さんたちが銃を探したんですが、見つかりませんでした」ジョニーは話を続けた。「その人たちによれば、死んでいる男の名前はノースと言うそうです。警察を呼んでもらうようにと言いつかったので、十一番ホールのティーグラウンドからずっと走ってきました」

フロントの周りでは人々が騒ぎはじめており、ミスター・スティーヴンズは鉛を飲んだように胃が重くなったのを意識しながら顔を背けた。ノースということは、キャテユニットのシャーマン・ノースに違いない。バタムの州警察庁舎に事件だと電話しなければ。いや、まずはチャーリー・パーディに連絡して、州警察はそのあとだ。夏の繁忙期に入り、定められた営業時間後もバーを開けていたという問題がある。最初に電話をしておけば、パーディも大目に見てくれるだろう。

ミスター・スティーヴンズは交換手に地元の警察署へつないでくれるように頼むと、ロビーに集まっている人だかりを見渡した。この連中は明朝まで立ち去ることはないだろう。これはまずい、非常にまずい事態だ。彼は胃のなかの鉛の塊が大きくなったように感じ、落ちつこうとして目を閉じた。

だが、少しも楽にならない。ミスター・スティーヴンズはしゃっくりを始めた。

二階の三十九号室ではエド・ライスがベッドに寝そべり、まわりを見回さずに、自分がどこにいるのか思い出そうとしていた。彼はたったいま目を覚ましたばかりで、唯一確かなのはひどい二日酔いだということだった。つまり、昨夜は酒を飲んでいたということだ。おまけに喉も痛い。つまり、大声を出していたということだ。大声を出す？　いや、自分は歌を唄っていたのだ。そのとき、突然すべての記憶が戻ってきた。とはいえ、ある時点までの記憶だ。思い出せたのはバーのピアノのそばで唄っていたところまでで、その後は空白だった。いったい、どうやってベッドにたどりついたのだろう？　だれが自分を引きずってきてくれたのだろうか。ノースが知っているかもしれない。

ライスは寝返りを打ち、隣のベッドを見たが、そこは空っぽだった。もう一度よく見ると、そのベッドには人が眠った形跡がなかった。

「おやおや」

ライスはベッドの上に起き上がり、自分が裸だということに気がついた。窓の外で物音がしているのが聞こえると同時に、喉の渇きを感じた。彼は、加速する列車の警笛のように、はっきりと区切りのある短い一連のイメージを思い浮かべていた。彼はそのイメージを振りはらうと、ベッドから出た。バスルームで二杯の水をすばやく飲み干すと、鏡に映った自分に向かってにやりとする。

「いいね、ほれぼれする」

水を飲んだのが功を奏し、体にまだかなり酒が残っていることに気がついた。

「おっしゃる通り」彼は鏡に向かって小首を傾げ、まるでパルプマガジンのヒロインみたいな仕草だと思った。ライスは鏡の自分に向かって言った。「彼の血走った瞳の上で薄くなりかけた黒髪がもつれ、その乾いた唇はだらしなく半開きになっている。だが、その頭部の魅力をもってしても、その下の体の恐ろしさに対抗することはできなかった」ライスは言葉を止め、ノースかだれかがこの場で自分の話を聞いていてくれたらと思った。「その愛らしく落ちくぼんだ胸はもじゃもじゃの毛に覆われており、いま腹の上で組んである優美な芸術家らしい両手は……」

彼はごくりとつばを飲みこむと、こうまとめた。「……血まみれだった」

ライスは自分の両手を見下ろすと、頷いた。「おやまあ、本当に血まみれだ」

アメリカの漫画家たちの作品について書いたある序文のなかで、さる有名な評論家はライスをこう評した。「彼の手法は多岐にわたっているが、結果はつねに衝撃的だ。ときにグロテスクで、ときに現実的。おそらくライスのユーモアには、同時代の他の漫画家たちのだれよりも純粋な狂気が含まれている。いうまでもなく、彼のイラストは認知されているが、その大部分は高速逆回転でかけているジャズレコードのような効果をあげている」

ライスがこれまで自らのユーモアの在り方についてよくよく考えたことがあったかどうかは疑問だが、クラスレポートのなかで自らの問題点のひとつに触れていた。

エドワード・ハモンド・ライス

美術専攻。住所、ニューヨーク市グリニッジ大通り二十一番地。おれのイラストのために愉快なアイディアを送ってくれたみんな、ありがとう。一九三七年に送ってもらったアイディアのうちのひとつを使ったし、今後もまた、そういうことがあるかもしれない。というわけで、今後も面白いアイディアをどしどし送って欲しい。ただし、謝礼を支払ったりはしないので、そのつもりで。

ライスはお湯で手を洗った。右手の指の関節のところに裂き傷ができ、腫れている。「だが、ちゃんと相手に会ってみなければ」彼はそうつぶやいてから、顔をしかめた。昨夜、だれかを殴った記憶がないのだ。「まったく、酒なんか飲むもんじゃない」

彼は大酒飲みではなかったが、同窓会の初日の夜に感じたそらぞらしい熱気のせいで、酒を飲み過ぎてしまったのだ。分析を試みていれば、大勢の人間のなかに混じったアーティストが感じる緊張状態にあったのだと、気づいたかもしれない。アーティストにつきものの一匹狼的な生活を送っているせいで、大勢の人間が集まったときにどう振る舞えばいいかわからないのだ。アーティストがこうした孤独感を心に秘めて、多くの人間からは気づかれずにいることが、アーティストは気取っていると思われがちな理由なのかもしれない。大学時代のエド・ライスは、よくいる男子学生のひとりであったが、すっかり大人となり、アーティストになったいま、大勢で浮かれ騒ぐための能力は失われていた。

昨夜の出来事を思い返そうと必死で考えることを放棄し、熱いシャワーの心地よさを楽しんでいたとき、寝室からだれかが自分を呼んでいるのが聞こえた。彼はカーテンからひょいと頭をのぞかせて言った。「おれを探しているのなら、ここで死んでいるよ」そして、トミー・ブラッグドンが戸口にいるのを見て、さらに言った。「おや、どうやら政府からの呼び出しらしい」

「やあ、エド」ブラッグドンはそう言うと、スーツケースにしばらく入れっぱなしであったらしいサッカー地のスーツの袖の皺を伸ばそうとした。「今朝はまだ、だれも来ていないのかい?」

ライスは自分への罰代わりに、三秒間、冷水を浴びてシャワーを止めた。「ああ、そうさ。じつをいえば、ルームメイトも昨夜は帰っていない。自分がどうやって戻ってきたかも謎のままだ。ひょっとしたら、昨夜はだれかを侮辱してしまったかもしれないんだが、その相手がだれだったか知らないかい？」

「よく聞いてくれ、エド」ブラッグドンが真面目な顔で言った。「たったいま、ノースがゴルフ場で見つかった。死んでいるんだ」

ライスは頭からタオルを落とし、両膝から力が抜けるのを感じた。「なんてこった。トミー、おれはちっとも……」

「射殺されたんだ。詳しいことは、まだだれにもわかっていない」ブラッグドンはライスの表情に気づくと、怪訝な顔をした。「いったい、どうしたんだ？」

「射殺だって？　つまり彼は……」

ブラッグドンはポケットから煙草の箱を引っぱり出し、ライスに差し出した。ライスは身ぶりでそれを断ると、バスタブの縁に腰掛けた。

「確かに、とんでもないことが起きたものだ」ブラッグドンは言った。「しかも、状況はますます悪くなりそうだ。だが、あいつとはそれほど仲が良かったわけじゃないんだろう？」

ライスは言った。「彼とはこの十年間、会っていなかった。だがそれにしても。なあ、トミー、まさか担ごうとしてるんじゃないだろうな？」彼は自分の鈍さに腹を立てながら、友の顔を見上げてにやりとした。「なるほど、ノースが撃たれたって？　おまわりさん、おれに罪を着せようたって無駄だぜ。確かに、奴にはひどい態度を取ったし、片手に銃を持って現場にもいた。だけど、きみにいいがかりをつけられる覚えはこれっぽっちもないぞ」

真顔のままのブラッグドンを見て、ライスは次第に声が小さくなった。

「勘弁してくれよ、トミー」彼は言った。「まるで地方検事と向かいあっているみたいだ。いったいどういうことなんだ？」

「おそらく警察は、昨夜、最後にあいつを見たのはだれかを突き止めようとするだろう。奴はタキシードを着たままだったが、一度、自分の部屋に戻ったかどうかを知りたがるだろうな。きみは寝る前にあいつと会ったのか？」

ライスはブラッグドンをじっと見つめ、相手が自分をからかおうとはしていないことを知った。ブラッグドンは昔から生真面目な男だったし、同じ進歩的な雑誌に寄稿していた時期以来、あまり顔を会わせることもなかったが、彼がこんな作り話をするような人間になっているなどありえなかった。ブラッグドンは現在、ワシントンで政府の仕事をしていたが、人柄まですっかり変わっているはずはない。

ライスはかぶりを振った。「そんなこと言われたって、自分がベッドに入ったことすら覚えていないんだ」それから彼は、たったいま気づいたかのように、こう付け加えた。「大変なことになったな、トミー」

「あたりまえじゃないか。きみも階下《した》に降りて、みんなと合流したほうがいい」ブラッグドンは自分の煙草に火を点けると、マッチを振って浴槽に投げ捨てた。「ノースのことは、よく知っていたのか？」

ライスはフンと鼻をならした。「きみはたいした男だよ、トミー。すっかり忘れていた。いいえ、捜査官。わたくしはノースのことを、それほどよく存じてはおりませんでした。まったく退屈な鼻持ちならない男だと思っていましたが、それ以外は対立するようなことも別に」

「ではなぜ、今回、彼と同室になったんだ？」

「たまたま、くじで引き当てた、それだけさ」ライスは再び頭を拭きながら、ノースが死んだ、いや、どうやら殺されたというのに、ほとんど悲しみなど感じていないことに良心の呵責のようなものを感じていた。こんな重大なことが起こったというのに、さっきまでしていたことを淡々とやり続けているのは正しくないような気がする。「きみはずいぶん冷淡なんだな、ブラッグドン」

ブラッグドンはすぐさま煙草の煙を吸いこむと、唾を吐き出すように煙を吐いた。「じゃあ、どうすりゃいいんだ。泣き崩れろとでも言うのか？　大学時代、ノースとはほとんど付き合いがなかったんだ。ひとりの男が死んだ、自分にとってはただそれだけさ」

「まあ、きみはおれよりも先にそのことを知ったというだけなんだろう」ライスは立ち上がると、タオルをわきに放り投げた。「服を着たほうがよさそうだ」

ブラッグドンも寝室についてくると、ベッドの端に腰を下ろした。そしてライスが鞄から下着を探すのを眺めながら、煙草の灰を床に落とし続けた。

「同窓会ってのはいろいろなことがあるものだが、殺人は初めてだ」ブラッグドンが言った。

「そうだろうな」ライスは言うと、自分の手の甲に触れた。「昨夜はおれを見かけたかい？　ぐでんぐでんに酔っぱらっていて、だれかを殴ったような気がするんだ」

「ああ、思いっきり酔っぱらってたよ」ブラッグドンが言った。「だが、十一時以降は見かけなかったな」

「いったい、だれがノースなんか殺したがるんだ?」

「そんなこと知るものか」

ライスはズボンを履くと、昨夜、自分の服を置いておいた椅子のところに行った。今日は同じシャツでも構うまい。彼は昨夜のシャツを拾いあげ、襟の汚れが許容範囲なのを確認すると、前身頃に血の染みがついているのに気がついた。

ライスはシャツを掲げてみせた。「弁護士が必要になりそうだ」

ブラッグドンは短く笑《え》みを浮かべた。「心配ないよ。それより、どうしてそんな染みが?」

ライスが片手を差し出すと、ブラッグドンが立ち上がって見にきた。

「今朝、気づいたんだ」

「それがノースの血じゃないということは警察にもわかるだろう」ブラッグドンはそう言うと、ベッドのところに戻った。

「そうだな」ライスがのろのろと言った。「だが、もしもノースの血だったら?」

「なにを言ってるんだ、エド。ノースは射殺されたんだぞ。きみがどこで銃を手に入れるというんだ」

「確かにそうだな。だがそれでも、どうしてこんなふうになったか知りたいものだ」

「警察がやってきたら、わかることもあるだろう。連中はあらゆることを調べるだろうからな」

「きっと、もう犯人を捕まえているんじゃないか」ライスが期待をこめて、そう言った。

「それはどうかな」とブラッグドン。「少なくとも、ぼくはそうは思わない。ノースはゴルフ場で見つかった。奴の車はそこにあったが、銃はどこにもなかったんだ。銃声を聞いた者はいないから、事件が何時ごろに起こったのかはわからないだろう。犯人がだれにせよ、あっさり捕まるつもりなら、こんなに手のこんだ真似はしなかったはずだ」

ライスは腰を下ろすと、靴を履いた。「きみはこの件について、ずいぶん詳しく検討したんだな」

「当然じゃないか。さっきまで同窓会は退屈そのものだったんだから」

ブラッグドンは立ち上がると、ドアに向かった。「きみがだれかを殴ったのかどうか、突き止められるかやってみるよ」

「ありがとう、トミー」ライスは言うと、ブラッグドンを見送った。ブラッグドンはつねに答えを知っているし、そうでないときは、あくまで答えを追及する。しかし、そうだとしても今回の件ではずいぶん饒舌だった。「ひとりの男が死んだ、自分にとってはただそれだけだ」あれは、トミーがよく資本主義について語っていたときの口調そのままだった。「全部ひっくり返して、だれかがそれで困ったことになろうが知ったことじゃない。個人がどうこうなど問題じゃないんだ」まったくあの頃が懐かしい。

靴ひもを結び終えて背筋を伸ばしながら、ライスは頭が痛むことに気がついた。そもそも同窓会なんかにやってきたのが間違いだったし、参加を決意したのはひとえに……。

「ジョーンズ！」

彼は、思い入れたっぷりにその名を口にすると、結婚式のことをすっかり忘れていた自分に驚いた。これは完全に二日酔いだ！　明日、結婚するJ・ジョーンズの付添人をつとめることを完全に失念していた。この結婚式がなければ、自分は同窓会に出席しようなどとは考えなかっただろう……。

「探偵ジョーンズだ」

急いでシャツを着ると、少し気分がよくなった気がした。ジョーンズはケンブリッジにいる。彼に電話して、この偶然を耳に入れて驚かせ、すぐにここに来てもらおう。もちろん、結婚式を明日に控えているが、それでも……。

「構うもんか」上着を手に持ちながら、ライスはつぶやいた。「あいつならきっと来てくれるさ」

第二章

「確か」ジュピター・ジョーンズは言った。「ライスがぼくから指輪を受け取って牧師に渡し、それを牧師がぼくに返して、ぼくがきみの指にはめる。これで合っているかい？」

「確認するまでもないでしょ」ベティが言った。

「ゴールを決めるのは神経を使うんだよ」

「あら、緊張しているのね」

　彼が片づけていた本棚の最後の本を放ると、ベティはそれを部屋の真ん中に置いてある荷造り用の箱に入れた。

「緊張して当然じゃないか」彼は言った。「きみと知り合って、まだ八年なんだから」

「とにかく、彼に『さあ、エドマンド』と言われたら、あなたが話す番だということだけは覚えておいてね。ジュピターとは呼ばれないから」

「やれやれ、呼ばれ慣れない名前だよ。エドマンド、エドマンドと」

「そんなこと言ったってしかたないわ」

　荷造りの成果を見てみると、そろそろ終了できそうだった。午後から引っ越し業者が来て、すべての荷物を川沿いの新居に運んでくれることになっている。落ちつくのは、新婚旅行から帰ってきてからになるだろう。彼は箱のうえに腰を下ろすと、ベティに微笑みかけた。

「水曜日の午後は、ぼくの生徒たちとのささやかなお茶会のために確保しておいたほうがいいと思う。もちろん、凝ったことをする必要はないけれど、やらないと非常識の誹《そし》りを受けかねない」

ベティは彼の話を無視して、作業を続けていた。

「こんなふうに言われてるんだよ」ジュピターは続けた。「ぼくは、ハーバード出身者の伝統を守る気がないようだとね。だが、夫婦揃ってみなをお茶に招けばそんなことも言われなくなるかもしれない。きみはなにか薄くてふわふわした服を着て、ぼくが席を外したときに学生たちに母親風を吹かせるんだ。想像するだけで微笑ましいよ」

ベティはかぶりを振った。「みんな、本当にそんなことやっているの?」

「もちろんさ」

「真面目な話、結婚をとりやめたいと思っていない?」

彼は立ちあがると、ベティの肩を抱いた。「そんなこと思うものか」

「お茶会も?」

「お茶会もだ」

結婚前の心通いあう幸せなひとときは、電話によって中断された。ジュピターは彼女にキスをすると、電話に向かった。

「もしもし、ジュピター・ジョーンズさんですか?」

ライスの声だと気づいたジュピターは言った。「ジュピター・ジョーンズだけど」

「ええと」ライスが言った。「ハーバード大学芸術学科の無鉄砲野郎として知られていて、明日、結婚するジョーンズかい？」

「そうだよ」

「こちらは、新郎付添代表《ベストマン》だ」

「やあ、きみか」

「オペレーター、相手につながったよ。ありがとう」

電話からチャリンというような音が聞こえ、ジュピターはそれが公衆電話に硬貨を入れた音を模したものなのだと気がついた。

ライスが言った。「よく聞いてくれ、ジョーンズ。きみを驚かせたくはなかったんだが、これから一分ほど深刻な話をさせてもらう。おれはいま、サイオセットにいるんだ」

「これは深刻な話で、きみはサイオセットにいるんだな」

「そうだ。ジョークみたいな話をするが、ジョークじゃなくて真面目な話なんだ。いいかい、こっちで男が撃ち殺された」

ライスは筋金入りのユーモア愛好家としての自らの名声を、このような情報を伝えるのにふさわしくないと感じているのに違いない。ライスの親友であるジュピターは、口を挟まないという安全策をとった。

「その男の名前はシャーマン・ノース、今朝、ゴルフ場で発見された。しかも、彼とは昨夜たまたま同室だった」

名声の問題が、今度はこっちにふりかかってきた。ライスがユーモア愛好家なら、自分はミステリー小説愛好家としてよく知られているからだ。事実、犯罪捜査に対する興味が高じて、これまでに二度、本物の犯罪捜査に関わった経験がある。そして、そういう実績は知り合いのアマチュアのユーモア愛好家たちからひじょうに面白がられていた。殺人事件が起きると、冗談まじりに「いったい、いつ事件を解決する予定なのか」と聞かれるのが常だったのである。だが、目下のところ、ジュピターは殺人事件と聞いてすぐに飛びつきたい気分ではなかった。ここで確認するやりかたを思い出していなかったら、話はさらに長引いていたかもしれない。

「本気《ノー・カープ》か、エド？」

「本気《ノー・カープ》だ」

これは、自作自演のおふざけが日常茶飯事だったふたりにとって、年季の入った、かけがえのないやりとりであったために双方から尊重され、会話は即座に真剣なものになった。下品な単語の真ん中の文字を他のものに入れ換えるやりかたは、その表現がはじめて上流社会で使われたころからの名残なのだ（carp は鯉のことだが、実際は cirp ＝睾丸の言い換え。"No cirp?" と "No shit?" は同じような意味）。

「あまり詳しくは知らないんだ」ライスが続けた。「警察はまだホテルに到着していないし、おれもいま部屋から下りてきたばかりだから。ロビーは大騒ぎになってる」

ジュピターは友の話を上の空で聞いていた。ふたつのことを考えていたからだ。つまり、わざわざ同窓会を殺しの場所に選ぶなんて妙な話だし、結婚式が明日だというのにタイミングが悪い。部屋の向こう側では、ベティが怪訝な顔でこちらを見つめていた。

「それでだな」ライスは話し続けている。「問題は、昨夜なにがあったのか思い出せないということなんだ。ちゃんとベッドにはたどりついたんだが、どうもだれかを殴ったらしく、手には傷があるし、シャツにはかなりの量の血が付いているんだよ。ノースは射殺されたんだが、だとしても……」

「なんだって！」ジュピターが言った。

「きみの言いたいことはわかってる。だけど本当のことなんだ。知らせを聞いたとき、どんな気持ちだったと思う？　二日酔いの頭を抱えて、気づいたらこんなことになっているなんて」

「昨夜はノースと同室だったって？」

「ああ、たまたまそうなったんだ。つまり、単に同じ部屋に割り振られたのさ。おれはべろべろに酔っぱらい、目を覚ましてみたら彼はいなかった。そしたら、ある男がやってきて、ノースが撃たれたと教えてくれたんだ」

ジュピターはその場から移動し、荷造り用の箱に腰掛けた。

「おれにわかっているのは、彼がゴルフ場で発見されたということだけさ。そうだ、ブラッグドンが『銃は見つかっておらず、ノースの車も現場にあった』と言っていた。いったいなぜ、彼の車がゴルフ場にあったのかはわからないが、いずれにしても……」

「ブラッグドンってだれだい？」

「同期の男だよ。彼がノースのことを知らせにきてくれたんだ。それでおれは服を着るとロビーに下りて、すぐきみに電話したんだよ」

ジュピターは考えこんだ。そいつはなぜゴルフ場で射殺され、そいつの車はなぜそんなところにあったのか。ベティが言った。「いったい、なにがあったの？」ジュピターは片手をあげた。

「ノースというのは、どんな男なんだ？」

一瞬の間があって、ライスが言った。「なにを答えればいい？　奴の略歴か？」

ジュピターは微笑んだ。ライスに警察まがいの質問をしてしまった。「いや、どんな男だったか簡単に教えてくれ」

「実際、どんな奴だったかはよく知らない。まあ、かなり頭が固かったとは言えるだろうな。いつもその場にふさわしいネクタイを締めていた。フーヴァー、ランドン、ウィルキーだとか」

「なるほど、ああいうタイプか」と、ジュピター。

「間違いなく、ああいうタイプだ」

「わかった。そういうことなら、とにかく予定通り今夜のささやかなパーティに来てくれ。そして、結婚式は明日の正午だ」

短い沈黙のあと、ライスが言った。「とにかく、きみに電話したのは賢明な判断だよな？」

「もちろん、難局は理解できる」

「きっと、ショックを受けたせいだと思う。要するに、目を覚ましたらこんなふうで、そのあと事件のことを聞いただろう。しかも、そのノースと同室だったんだぜ。妙な話だと思わないか？」

「それはもう疑いようもなく」

「じゃあ、そろそろ切るよ」

「またな、エド。冷静でいろよ」

ベティの怪訝そうな顔を見て、彼女はいったいあとどれくらい、受話器を摑んでなんの話をしているのかと聞かずにいられるだろうか、とジュピターは考えた。

ジュピターが電話に向かって言った。「いまここにベティもいるんだ」

「えっ、彼女は元気か？」

「ああ、元気だよ」

「当然、明日のことを思ってわくわくしているんだろうな」

「おそらく。実際、ぼくだってそうだ」

「まあ、それはそうだよな」再び、沈黙があった。「おっと、たったいま数名の警察官がロビーに入ってきた」

「きみを探しているんじゃないか」

「どうかな、あっ、きみの言う通りだ」

「ぼくの言う通り?」

「確かに、おれのことを探している。じゃあな」

電話を切られ、ジュピターは受話器に向かってそっと毒づいた。ライスが最初に取り調べを受ける機会に抗えないと知っていて、わざわざそうなるよう仕向けた自分に腹が立った。

ベティが言った。「ずいぶん話しこんでいたわね」

ライスがなにを言っていたか聞こえていなかったベティにも、普通じゃないことが起こったのは察しがついているに違いない。腕時計に目をやって十一時なのを見てとると、ここからサイオセットまでどれくらいかかるかを考えた。多く見積もっても一時間半というところか。

ジュピターはかぶりを振った。「エドのやつ、困ったことになった」

「そうなの?」

「ああ。殺人容疑をかけられてるとか、なんとか」

「ねえ、こんなことというのはなんだけれど」彼女は言葉を選んでいる様子だった。「これまでに、さんざんそういう状況は体験してきたけど、もうこれ以上はたくさんだわ」

「もちろん、ぼくにはまったく関わりないことだ」ジュピターはそう言うと、ベティに事情を説明した。最初は半信半疑の様子だったが、やがてショックに変わり、ついには理解を示してくれた。

「またやるつもりじゃないわよね、ジュピター？」ベティが静かに訊いた。

「えっ？」

ベティがかぶりを振った。「常識人のあなたが、そんなことするはずがないわ」

「いったいなんの話だい？」

「いいえ、ただ、あなたが腕時計を見ていたものだから」

「エドも今夜には来るだろう」ジュピターはそう言ってから、何気なく付け加えた。「お許しが出るようならね」

ベティはまだ荷造りしていなかった椅子のひとつに座った。「あとたった一日なのよ。それで本番だわ。あとたった一日じゃない」

「そうは言うけど、間違いなく向こうは大騒ぎだろうな。卒業十周年の集まりで人が殺されたんだ。しかもゴルフ場で。新聞記者たちが大張り切りだろう」

また腕時計を盗み見ているジュピターにベティが言った。「いつ発つの、探偵《ファイロ》さん？」

「ぼくが？　発つだって？　なに言ってるんだ、ぼくには関わりのないことだ。ぼくはただ、エドが結婚式に間に合うようにに来られないんじゃないかと心配なだけさ」

「殺人事件のせいでね」

彼は頷いた。「そう、殺人事件のせいで」ジュピターはため息をついた。「まあいい。殺人調査ならまた次の機会もあるだろう」

ふたりとも声を上げて笑い、ジュピターはベティに歩み寄るとその肩を優しく叩いた。

「大丈夫、今夜中には戻るよ」

「本当に？」

「もちろん」

ジュピターは電気スタンドにかけてあった帽子をとると、部屋を見回した。

「わかった、いいわ。わたしは特にやることもないし。引越し業者は今日の午後に来るし、美容院の予約はキャンセルすればいい。結婚式ではだれもわたしのことなんかよく見ないでしょうし」

ジュピターは顔をしかめた。「それはよくないよ」

「それでは都合が悪いってことかしら」

「引越し業者には書き置きをしておけばいい。これまでにも八回も引っ越しを頼んでいるからな。ケンブリッジ中、あちこち移ったものさ。彼らに鍵さえ渡しておけば、あとは万事うまくやってくれるだろう」

すっくと立ち上がったベティは、むっとした顔つきだった。「なによ、きみも一緒においでと言ってくれないの？」

彼はくるりと振り返ると、にっこりした。「一緒に来たいんだね？　だったら、ぐずぐずしている必要はない。さあ、出かけよう」

第三章

サイオセット警察のチャールズ・パーディ署長は、浮き立つ胸のうちを隠して、冷静さを保つべきだとわかっていた。「すぐ行くよ、ジョー」彼はそうミスター・スティーヴンズに言うと、電話を切った。そして椅子から立ち上がって隣の部屋へ行くと、内勤のデッカーに声をかけた。「ゴルフ場で殺しがあった。すぐにドクターに連絡してくれ」

「なんだって、チャーリー」と、デッカー。

パーディは頷いた。その場で話しこみたいのはやまやまだったが、一刻を争うのだ。

「キャテユニット出身のシャーマン・ノースだ。ホテルに宿泊中だった。ハーバード卒業生たちの集まりのためにな。わたしはもう行く。きみはドクターに連絡して、署の者たちが出てきたら、すぐにゴルフ場へ寄こしてくれ」

デッカーは電話に手を伸ばしていた。「州警察の連中はどうする?」

「州警察?」パーディは戸口で立ち止まり、じろりとデッカーをにらんだ。「ああ、州警察か。そうだな、連中にも連絡してくれ」

まあいいさ、わたしのほうが先に現場に入るんだからな。パーディは自分の車まで行くと、砂利の上を急旋回して出発した。

ゴルフ場に到着するまでに、パーディは署を出発する前にやっておくべきだったいくつかのことに思い至っていた。スティーヴンズはノースの家族に連絡したかどうか口にしなかった。だとしたら、その連絡は自分がしなくてはならないだろう。それを言うなら、やらなくてはならなかったことは山ほどある。だが、いまもっとも重要なのは冷静でいることと、物事にしっかり注意を払っておくことだ。

彼が車で到着したとき、クラブハウスのポーチのまわりには大勢の男たちが集まっており、ゆっくりと階段を登るのに、その間をかきわけなければならなかった。プロゴルファーであるジミー・マーシャルが近づいてきた。「やあ、チャーリー。ノースは十一番ホールのティーグラウンドだ。ゴルフ場を通ってゆくとおよそ一マイルほどだが、すぐそばまで車で行ける。案内しようか?」

「そうだな、ジム。案内してくれ」パーディはそう言い、いま来た階段を降りた。

車のなかで、マーシャルが言った。「私道を左に曲がって、次をまた左折だ。そこに車が止まっているから」

「現場に行ってみたのか、ジム?」パーディが訊ねた。

「いいや、事件のことを聞いたのがおよそ十分前さ。ぼくはあんたが来るのを待ってたんだ」

「だれがそいつを見つけたんだ?」

「今朝一組目のパーティーだよ。二人組だ。キャディのひとりが知らせに来たんだ。残りの連中はまだ現場にいる」

パーディはゴルフ場の私道から公道へ左に折れると、通りがけにホテルを見た。ポーチには、先程よりも大勢の人間がたむろしている。すぐにまたここへ戻ってきて、卒業生たちから聞き取り調査をしなくては。

「すごい人数だな」マーシャルが言い、パーディは唸った。

ホテルからおよそ四分の一マイルほど行ったところで公道から外れ、森のなかの道を走っていると、マーシャルが左手の砂利道を指差した。

「これが十一番ホールのティーグランドへ行く道だ」

パーディはその道に入りかけたが、やがて車を止めた。「車はここに置いていこう」ひょっとしたら、調べるべき車のタイヤ跡が残っているかもしれない。そのことに気づいてよかった。

およそ百ヤードほど、その道の真んなかを歩いていったところで、パーディは前方の松林の下にセダンが止めてあるのに気がついた。彼は手帳を取り出すと、車の登録番号を書きとめた。その車が走り去ってしまうということはないだろうが、いつその登録番号が必要になるかわからない。気がついたときにメモしておくに越したことはないのだ。

ノースの倒れているティーグラウンド上にほかの者の姿はなかったが、ポーターやアップルトンが感じたのと同じ驚きと、さまざまな心の反応を経験しながら、十数名のゴルファーたちが現場に到着していた。そして、その間にも次々と新たな人々がやってきていたが、いまや、ゴルフ場に出ている者でこのニュースを知らない者はいなかった。彼らは、十一番ホールのティーグラウンドへと続くスロープのふもとに集団で固まっていた。小さな丘の上にひとりきりで横たわるノースの姿は、これから火あぶりにされる異教の生贄《いけにえ》のように見えた。

パーディは車の横で逡巡した。まず発見者たちから話を聞くべきか、それとも遺体を調べるべきか？　遺体を確認しなければならないことはわかっていたが、衆人環視のなか、ひとりきりで丘の上に登っていくのはまるで舞台に上がるようだ。だが、現場で州警察に先んじたいと考えていたことを思い出すと、彼はマーシャルに「ここで待つんだ、ジム」と言い残し、スロープを登っていった。

パーディはノースの脇に跪くと、脈をとってみようとしてやめた。この男が死んでいるから、自分はここに呼ばれたのだ。彼は、ハンカチについた血と上着の胸ポケットの穴に目を留めた。それから、例の車を振り返り、その距離は二十ヤードと見積もった。彼はティーグラウンドの端にあるベンチとボールを洗うためのバケツに目をやり、そのあとはなにも見るべきものを思いつかなかったので立ち上がった。

この様子を見るために、ゴルファーたちが丘の中腹くらいまで近づいてきているのに気づいて、パーディは彼らをにらみつけた。「よし」彼は言った。「こいつを発見したのは？」パーディは必要以上に厳しい口調になっており、体裁をつくろうために手帳を取り出した。

ポーターが言った。「ぼくです。そして、もうひとりがここにいるアップルトンです」

パーディは彼らの名前と住所を書き留めると、なにか重要かもしれないことで気づいたことはなかったかと訊ねた。

「いいえ」と、アップルトン。「銃を探しましたが、見つかりませんでした」

パーディは唸り声をあげ、車のところに行った。すべてのドアは閉まっていたが、指紋のことを思い出して、ポケットからハンカチを出した。

背後からだれかが言った。「それ、ノースの車です」

どうしてわかるのかと訊ねると、見覚えがあると言う。パーディは運転席側のドアを開けると、なかをのぞきこんだ。座席にも、床にも、そこにあるべきでないようなものは見当たらない。ハンカチを使いながら、彼は次に後部ドアを開けた。テニスラケットが一本と、座席と座席のあいだに未開封のボール入りの缶がある。クッションの上にはなにもなかったが、最近、掃除した形跡のある床の上には折れたマッチと、小さな金属片があった。屈みこんでみると、その金属片は柄のところに輪がついた小さな剣だった。高校生の女の子がブレスレットに付けている飾りに似ている。彼は金属片をそのままにして、ドアを閉めた。ちょうどそのとき、州警察がやってきたのが目に入った。

道をやってくる一行の顔ぶれは、州警察官が四名、医師一名、平服の男が二名だった。パーディは一行を出迎え、ドクターと握手を交わし、彼ら全員を遺体まで案内した。パーディは彼らの調査内容が、すべて自分がやったものと同じであることに、内心、満足だった。一行とパーディがまた例の車のところにやってきたとき、キャディが彼の腕に触れて、こう言った。「あのう、だんなに、見てもらったほうがよさそうなものがあるんです」

ほかの者たちはまだ車を調査中だったため、パーディはキャディからの情報をみなには伝えず、そのキャディについて隣接するフェアウェイに向かって、十一番ホールのティーグラウンドを下りていった。キャディは丘のふもとで立ち止まると、地面を指差した。

「あれを見てください」キャディは言った。

地面は先だっての雨でまだやわらかく、パーディはそこにまぎれもなくハイヒールを履いた女性のものである足跡が残っているのを見た。芝生にヒールが深く食いこみ、つま先はティーグラウンドのほうを向いている。

「クラブハウスからずっと続いてます」キャディが得意顔で言った。「ここから、逆にたどってみたんです」

「きみの名前はなんというんだね？」パーディが訊ねた。

「ジェリー・ウォルシュです」

「なるほど。トムの息子じゃないかと思ってたんだ。なぜ、この足跡に気づいたんだね？」

キャディは肩をすくめた。「ただ、そこらを見てまわっていただけです。ゴルフをしにきた女のお客さんなら、ハイヒールなんか履きませんから」

「ああ、きみの言うとおりだろうな、ジェリー。それで足跡はクラブハウスからここまで続いているのかい？」

ジェリーは頷いた。「靴の主は、あの辺で立ち止まったはずです」彼はそう言い、フェアウェイの向こう側の木立を指差した。「あのあたりに足跡がたくさんついている場所がありますから」

その木立は、ノースが倒れている十一番ティーグラウンドからは数百ヤードのところにあった。パーディはまた低く唸ると言った。「靴の主がどこへ行ったのか見てみよう」

その足跡は十一番ホールのティーグラウンドの前まで続いており、上まで行って突然、止まっていた。パーディはところどころ四つんばいになって芝生を確認しながら、ティーグラウンドをぐるりと周ってみた。また、自分がスタートした地点までもう一度、戻ってみたが、ほかにハイヒールの跡は見つからなかった。その様子はゴルファーたちや州警察官たちの注意を引き、彼らはみな頭をかいているパーディを見つめていた。

「うへぇ」ジェリーは言った。「まるで、ここから宙に消えてしまったみたいだ」

パーディに電話したミスター・スティーヴンズは、もう二十分もロビーの騒ぎに直面していた。その二十分間は彼の消化器官に厳しい負担を強いただけでなく、ハーバード大学卒業生であっても普通の人間だという長年の信念を相当にぐらつかせた。彼は、ノースが殺されるなんてありえないと七回、まったく信じられないと五回、さらには、これがもし本当に起こったことならばあんたのホテルは「管理が悪すぎる」とまで言われた。この最後の言葉によって、彼は事務所に引っこむことに決めた。

彼は壁の棚から瓶を手に取ると、ソーダミントを二粒出し、考えに耽りながらそれを齧った。これから二十四時間で、自分の胃は間違いなく徹底的に痛めつけられることになるだろう。彼はどさりと回転椅子に腰を下ろすと、自分でも驚いたがこうつぶやいていた。「ドーセット」そう、この名前を二十分前から思い出そうとしていたのだ。ドーセット兄弟。一八九九年にラミー（トランプゲームの一種）をめぐって、一方が相手を刺し殺した。それ以来サイオセットでは殺人は起こっていないし、当時、自分はまだ子供だった。まさか四十年ぶりに起こった殺人事件が自分の身に降りかかってくるとは。

彼の自己憐憫にまみれた想いは、ホテルの会計係兼電話交換手サラ・ウィンゲートが戸口に現れたことで中断された。彼女は肩越しに振り返ると、小声で言った。「ミスター・オニールに、いま電話がありました」彼女はそこで一呼吸置くと、おもむろに続けた。「女性からです」

これには少々うんざりさせられたミスター・スティーヴンズは、珍しく皮肉を口にした。「サラ、わたしの記憶が正しければ、電話会社は電話をかける者の多くが女性だと報告している。使い走りにミスター・オニールを呼んでこさせなさい」まったく、サラのオールドミスらしい態度は会計係としては長所だが、現在の危機的状況においてはちゃんと監督していたほうがよさそうだ。

ミス・ウィンゲートは、その瘦せた体で背筋をめいっぱい伸ばすと「わかりました」と言い、いなくなった。

いったい、ミスター・オニールに女から電話がかかってきたからといって、なにをそんなに騒ぎ立てることがある？　実際、ミスター・オニールには昨夜も女から電話があった。きっと、電話の主は同一人物だろう。

ミスター・スティーヴンズは椅子に座りなおすと、顔をしかめた。おや、妙だぞ。確かその電話は、夜中にかかってきた。電話の主は女で、ミスター・オニールをお願いしますといっていた。だから呼びにやらせたが、使いの者は戻ってくるとミスター・オニールはゴルフ場に行っていて留守でしたと言っていた。そして自分は、その通りに電話の女に伝えたのだ。

「なんてこった」ミスター・スティーヴンズは最大限の警戒心を抱いて、小声で言った。「オニールは、ゴルフ場でなにをしていたんだ？」

彼はそのとき初めて、昨夜の出来事が今日、重要になってくるのだと気づいた。警察はこれまでに起こったことすべてを知りたがるだろう。ハーバード大学同窓会初日の夜に起こった一切合財を！　ある年など、七人の卒業生たちが屋根に上がり、なかの一人をロープを使って煙突から下に降ろそうとしたことがあった！　そうとも、今年も穏やかにはすむまいとは言っていたけれど、まさかこんなことが起こるなんて……。

彼は再び、フロントへと出ていった。サラ・ウィンゲートが横にやってきて言った。「ほら、オニールさんが電話ブースに入りますよ」

彼女が顎で示したロビーの先を見たミスター・スティーヴンズは、オニールが凶悪そうな人物には見えないことに安堵した。日に焼けていて、黄色のセーターの下に着たシャツの首もとを開いている。まるで、これからゴルフをするような格好だ。

ミスター・スティーヴンズが彼を見つめていたときに、だれかが言った。「ケンブリッジまで電話をかけたいんだけど、いくらかな？」

ミスター・スティーヴンズは「三十セントです」と反射的に答えると、両替をするためにその一ドル札に手を伸ばしておいてから、目の前の男を見てぎょっとした。その顔は青白く、目の下にははっきりとくまが出来ていたが、彼が昨夜、シャツの前にはねかかったような血の染みをつけてロビーに現れたのと同じ人物だとすぐにわかった。そのときは別にどうとも思わなかったが、いまになってみると……。

「今朝のご気分はいかがですか？」と、ミスター・スティーヴンズ。

その男は飛びあがると言った。「ああ、元気だ。元気だよ。なにか、ちょっとした問題があったと聞いたんだけど」

ミスター・スティーヴンズは、確かに、問題があったのだと認めた。

「おそろしいことだ。じつは昨夜、ノースとは相部屋だったんだ」

その男はかぶりを振ると、両替してもらった金を受け取り、電話のブースのほうへ向き直った。オニールが隣の電話ブースから出てくると、急いでホテルから出ていった。ミスター・スティーヴンズはなにが起こっているのか、つまり、なにか重大事が起こりつつあるのか皆目わからなかったが、二人の警察官の到着がやってきてくれてほっとした。彼らはフロントにやってくると、この近くにノースについて話を聞かせてもらえそうな者はいないかと訊いた。

「よくはわかりませんが」ミスター・スティーヴンズは電話のブースを指差して言った。「その電話ブースに入っているお客さまから、昨夜、ミスター・ノースと同室だったと伺ったばかりです。お話しを聞いてみたらいかがでしょうか」

「そうしよう」警察官のひとりがそう言うと、ふたりは電話ブースのほうへと歩きだした。

第四章

「言うまでもなく」ジュピターは言った。「エドはあくまでも冗談で、警察官たちが自分を探しているといったんだろうが、昨夜なにがあったか思い出せないというのは説明が容易じゃないだろうな」

「そうでしょうね」と、ベティ。

彼らは、もう間もなくサイオセットというところまできており、入り江には暖かい南西風が吹き込んでいた。車のトップを下ろし、ふたりは田舎をドライブするには気持ちのよい日だということで意見が一致した。ベティは美容室の予約をふいにしてしまったことを思い出しながら、人が見たらわたしたちはこの世になんの心配事もなさそうに見えるんじゃないかしらと言った。

サイオセットビーチホテルは、海辺をのぞむ絶壁の上にあった。鈍色の本館から、二階建ての別棟が両側に延びている。それは無骨で、古びていて、繁盛していた。毎年、夏になるとホテルを訪れる未亡人たちが椅子に陣取り、ブリッジを楽しみ、土曜の夜にダンスフロアに踊りにくる客たちのことをあれこれと噂し合っており、公道を挟んで向かい側にあるゴルフ場が、休暇を過ごそうとやってくる観光客を誘い入れるために不可欠なリゾートらしい雰囲気の演出に貢献していた。

「どうやら、到着したようね」ホテルを目の前にしてベティが言った。「事件を解決すべく、偉大なるジョーンズ探偵の登場だわ」

「ぼくは事件解決なんかに興味はないよ」と、ジュピター。「ぼくがここに来たのは、あらゆる形態の人間ドラマに興味があるからさ。今回の事件に積極的に関わるつもりはないんだ」

ベティは笑顔を見せた。「いつか、いまのセリフに曲をつけるべきね」

ジュピターは彼女の言葉を無視すると、駐車スペースに車を止め、揃って車から出た。ポーチに集まっている卒業生たちのなかに、見知った顔はない。彼自身の卒業十周年の集まりはあと二年先であり、この期の顔見知りはさほど多くはなかったのである。フォッグ美術館（ハーバード大学に付属する美術館）に入り浸っていたジュピターは、大学二年生のとき、同じく頻繁にそこを訪れていたライスと知り合った。当時、ベティが美術館で秘書として働いていたため、ジュピターは自分とエドとベティの三人組を『フォッグ友の会』と呼んでいたのである。大学二年生の頃は、奇抜な思いつきが気に入っていたものだ。

ふたりがフロントに行くと、ミスター・スティーヴンズが出てきた。

「すみません」ジュピターが言った。「どこへ行けば遺体が見られるか教えてもらえませんか?」

もう少し言葉を選ぶべきだったが、自分は要するにそれが知りたかったのだ。

ミスター・スティーヴンズは、ジュピターとベティがホテルに入ってきたのに気づいており、ふたりが同窓会関係者でないと承知のうえで、マスコミの人間に違いないと沈む心で考えていた。殺人があったことで世間から注目を浴びるだろうということを理解したのは、わずかこの三十分間のことだったのである。

「新聞記者のかたですか?」ミスター・スティーヴンズが訊ねた。

ジュピターはとっさに新聞記者になりすまそうかと考えたが、そんな嘘はすぐにばれると思い直した。

「いいえ」ジュピターは歯切れよく答えた。「ぼくはミスター・エドワード・ライスの法定代理人です。もちろん依頼人とも話をするつもりですが、まずは、事件現場を見ておきたいと思いまして」

ジュピターは、友のもとに弁護士が訪れるのが理にかなった状況でありますようにと願った。果たして、ミスター・スティーヴンズの表情は納得したことを物語っていた。

「そうでしたか」と、ミスター・スティーヴンズは言った。これはただごとじゃないぞ。ライスが警察と話もしていないうちから、この若者に電話をしていたとは。「それなら、ミスター・ライスもいまちょうど、その現場に行っていらっしゃるようですよ」

「その現場というのは、具体的にはどちらですか?」と、ジュピターは訊いた。

すでに、訓練を積んだホテルマンの顔になったミスター・スティーヴンズが言った。「ミスター・ノースはゴルフ場の十一番ホールのティーグラウンドで発見されました」その不思議な響きに、ミスター・スティーヴンズはごくりとつばを飲みこんだ。「お車でしたら、最初の道を左折して町のほうへ進み、道なりに少し走ると、ゴルフ場のほうへ行く砂利道があります」

「ありがとう」ジュピターが礼を述べた。

ホテルの外に出てから、ベティが口を開いた。「これが、あなたの考える非積極的な関与なの?」

「ここにいるからには、なんらかの理由が必要だろう」ジュピターは言い訳した。「さもなければ、部屋に泊まる羽目になっていたかもしれない。そして、きみも承知の通り、ぼくらは明日になるまでそうする法的権利はない」

「明日のことを忘れないで、わたしの頼みはそれだけよ」

車に戻るジュピターの横を、ベティは小走りでついてきた。ミスター・スティーヴンズの言っていた左折をしたあと、ジュピターは道の両側にゴルフ場が広がっていることに気づいた。あのフロントマンが道のどちら側に十一番ホールのティーグラウンドがあるか教えてくれたらよかったのにとジュピターは思った。初めに出てきた側道は右側で、ジュピターは速度を落とした。通りに他の車の姿はなく、彼は松林へと車を進ませた。

「この道じゃないような気がするんだけど」と、ベティ。

「そうかもしれないな」ジュピターはそう言いながらも、そのまま走り続けた。道はどんどん森の奥へと続いており、どうやら道を間違えたらしい。「Uターンできる場所を見つけるよ」

そのまま四分の一マイルほど進んだところで、道は空き地で行き止まりになっていた。森の端に小さな小屋があり、その前で老人が薪割りをしている。ジュピターが方向転換をしかけたとき、その老人が斧を置いて、にこにこしながらやってきた。

「これはこれは、ミスター・フリーマン！」老人は大声で言った。そして車の前で立ち止まると、にんまりと笑った。「万事、問題なく運んでいますよ、ミスター・フリーマン。ようこそおいでくださいました」

「行きましょ」ベティが小声で言った。「この人、頭がおかしいんだわ」

「どうしてわかる？」と、ジュピター。「現代のソロー（ヘンリー・デイヴィッド・ソロー。作家、詩人、思想家。『ウォールデン　森の生活』の著者として知られる）かもしれないじゃないか」

老人は運転席側に回りこむと、車の踏み板に片足を乗せた。老人の顔の右側には、こめかみから耳にかけて傷跡があった。

「いい天気だね」ジュピターが言った。

「本当ですな、ミスター・フリーマン。気持ちのよい夏の日で」老人はその骨ばった指を小屋のほうに向けた。「あれもご覧の通り順調です。明日か明後日にはエレベーターも設置される手筈です」

ジュピターは頷いた。この男は精神的バランスを欠いているようだから、話を合わせておくのがよさそうだ。「たいしたものだ」

老人は、またにんまりした。「わしにまかせておいてください、ミスター・フリーマン。たまに子供が梯子で遊ぼうとやってきますが、すぐに追い払っとります」

「さすがだな」

「雨の日も、晴れの日も、毎晩、一時間ごとに見回りをしとります」

ベティに肘で小突かれ発車しようとしたとき、ふと、この老人はなんらかの建築現場で夜警をしていたのではないかと思いついた。

「昨夜はどうだったかね?」ジュピターは訊ねた。「静かだったかい?」

老人は顎を掻いた。「ええ、ミスター・フリーマン。昨夜も静かなものでしたよ。夜中に若干銃声がしましたが」

ジュピターは横でベティがギクッとしたのを感じつつ、さらに訊いた。「それは何時ごろだね?」

「そうですなあ、十二時近くだったと思います。工場からはかなり離れているようだったので、あまり気に留めませんでしたがね」

「ああ、そうだろうね。聞こえたのはそれだけかい?」

「それだけです、ミスター・フリーマン。業者が来る七時には非番になったもんで」

「そうか」クラッチを入れながら、ジュピターが言った。「これからも頼むぞ」

「お任せください、ミスター・フリーマン」

走り去る車を、老人は手を振って見送っていた。

ベティがため息をついた。「ときどき、あなたという人が怖くなるわ、ジュピター。間違った道に入り、頭のおかしい人に出会ったと思ったら、その人から犯行時刻を聞きだしてしまうんですもの。まぐれ当たりなのか、異常に勘がいいのか、どっちなの?」

「確かに、思わぬ収穫だった」ジュピターも認めた。「だが、あの犯行時刻がそれほど重大な情報かどうかは疑問だよ。そもそも彼に時間がわかるのかどうかも不明だし、いずれにせよ、それほど具体的に時刻を特定できたわけじゃない。きっと警察のほうは何時何分までつかんでいることだろう」

ふたりは公道に出ると、ずらりと駐車された車がようやく殺人現場に到着したことを告げている、次の側道に入った。

すでにノースの遺体は運び出されており、ティーグラウンドには警察のロープが張り巡らされていた。車はまだそこにあり、目下、指紋採取が行われている。また、別の警察官がティーグラウンドへと続いている足跡の型をとっており、同窓会のために集まった大勢の人々がそれを見物していた。

現場にやってきた最初の女性であったことから、卒業生たちは首を伸ばしてベティのほうを窺っていた。彼女はどんな場所でも注目を集めるのが常だったが、ゴルフ場に謎の女の足跡が残っていたせいで、彼女がより魅力的に見えたのは確実だった。ジュピターは、婚約者への賞賛のまなざしに快い満足を覚えた。ベティのことは心から愛していたが、どれほど相手を熱烈に想っていても、自分の選んだ相手に間違いはないということを折に触れて世間から請けあってもらいたいものなのだ。

「エドがいたわ」人ごみから出てきたライスの姿を見つけて、ベティが言った。

エドはジュピターがいることよりも、ベティがいることに驚いていた。「きみたちが揃って来てくれるとは思わなかったよ。これは驚いた」

「せっかくの結婚式前夜だから、なにか目新しくて変わったことをしようと思って」と、ベティ。

「憔悴しきってるな」ジュピターが言った。

「わかってる」エドが言った。深刻な顔つきだ。「深く考えもせずに電話してしまったが、おれはことの重大さに気づいていなかったようだ」

ジュピターは警察官たちを見つめた。「自分が実際その立場になってみると、思ったより大げさな話になるのさ。で、なにがあった？」

「まず、かなり手厳しく尋問された」

そう言うエドは微笑んではいたが、表情は心配そうだった。

「とはいえ、まだ自由の身だ」と、ジュピター。「どんなことを訊かれたんだい？」

「もちろん警察はまだ、なにもつかんではいない。どうやらおれは、深夜にシャツに血をつけてあたりをうろついていたらしい。ノースと同室だったし、当然、連中はおれに興味を示した。とくに、おれの記憶喪失状態には強い印象を受けたようだったよ」エドは片手をあげて、傷を見せた。「いまだにどこでこの傷を作ったたかわからないんだ。おれに殴られたと教えに来てくれる者もいなくてね」

「ノースについてはなにかわかったかい？」

エドはけがをしていないほうの手で、顎をなでた。「そっちもあまりいい知らせはない。彼は結婚していて、八歳の息子がいるそうだ」彼はジュピターとベティの表情に気づくと、かぶりを振った。

「実際、まったく笑えない状況になってる。当然ながら、警察は動機さがしに躍起になっているよ。

じつを言えば、おれは大学時代の彼の奥さんを知っている。すごい人気者だった。名前はアン・リトルと言ったんだが——ひょっとして、きみも覚えているんじゃないか？」

ジュピターは覚えていなかった。

「それはそうと、彼女はおれが大学二年のときに社交界デビューした。人の記憶っておもしろいもんだよ。とにかく、彼女の父親は一九二九年（ニューヨーク株式市場が大暴落し、大恐慌始まる）に破産した大勢のなかのひとりで、自殺してしまった。その後、彼女の姿はほとんど見かけなくなった。ノースと結婚していたなんて、昨夜、夕食のために着替えをしていたときに初めて知ったよ。たまたま彼と話していて、そんな話になったんだ」

ベティがミセス・ノースへの悔やみの言葉をつぶやくのを聞きながら、ジュピターはティーグラウンドに目を凝らした。

「いったい、そいつはゴルフ場なんかでなにをやっていたんだ？」

「神のみぞ知るだ」エドは言った。「あそこにあるのがノースの車だよ。昨夜、夕食後に姿を見られているんだが、その後、どこかへ消えたらしい。そして今朝になってタキシード姿のまま、心臓を打ち抜かれた状態で発見されたんだ」

ジュピターはフェアウェイにいる警察官たちを顎で示した。「あの連中はなにを？」

「石膏で、女の足跡の型をとっているんだよ」そういってエドは眉を上げた。「足跡はクラブハウスから続いている。その女はハイヒールを履いていて、足跡はティーグラウンドで途絶えているんだ」

「ティーグラウンドで途絶えている？」

「そうなんだ。端まで来て、そこで消えてしまっている。おれが二日酔いなのは事実だが、この話にはぎょっとするよ。地元の探偵たちは」そう言うと、彼は卒業生たちのグループを指差した。「いくつかの説を展開しているよ。いまのところもっとも筋が通っているのは、殺人犯が彼女を捕らえ、肩に担いで連れ去ったというものさ」

「その女は、ここでいったいなにを?」

「一番、支持を集めているのは、彼女がノースとデートの約束をしており、十一番ホールのティーグラウンドで待ち合わせしていたという説だ。奴は車でやってきて、女は歩いてきた。だが、ふたりは見つかってしまい、ノースは射殺されたんだ」

「悪くない仮説だな」ジュピターが言った。

「その説だと、ミスター・ノースは少し無神経ね」と、ベティ。「彼が車なのに、なぜハイヒールの女の子はわざわざゴルフ場まで歩いてくるの?」

「それが」エドが言った。「この仮説の重大な欠点さ。きみたちが来てくれて嬉しいよ」

あたりを見回しながら、果たして自分は本当にここに来るべきだったのだろうかとジュピターは考えていた。エドと電話で話していたときは、殺人事件は遠く、自分とは関わりのない出来事だった。それが同窓会という場で起こったということ、遺体がゴルフ場にあったこと、そして、友とノースとの奇妙なつながりが、劇的な状況を好むジュピターの心に訴えたのだ。だが、警察によるお決まりの捜査という現実を見て、ノースの妻子のことを聞いたいま、明らかに部外者の自分が事件に首を突っ込みたいという欲求は薄れていた。これまでの経験から、殺人捜査への興味を満足させるためには、おせっかいの汚名を免れることはできない。いまじゃなければこれほど躊躇しなかっただろうが、結婚式を目前に控えた身であることから、すぐにでもケンブリッジへ帰るのが賢明かつ良識ある態度ではないかと思わずにはいられなかった。

だが、ひとりの警察官が砂利道を通ってやってきたことで、ジュピターの決断は、一時的に延期された。その警察官はエドを探していた。

「ミスター・ライス」警察官が言った。「あなたをホテルまでお連れするよう、言いつかりました」

「どうして?」

「よくはわかりませんが、ノースは殺されたときに意識を失っていたのではないかと考えられているのです。頭を殴られて」

ジュピターのとるべき道は、例え迷いに迷ったとしても、ここで決まった。

第五章

おそらく「学生時代は人生最良のとき」という一般論には、なんらかの真実が含まれている。そうでなければ、国中の卒業生たちにこの言葉がこれほど頻繁かつ、熱心に繰り返されることはないはずだ。だが、いっぽうでこれが真実であるならば、若者の自殺率が六月に急増していないのは驚きだ。つまり、この一般論を口にするものたちは、実質的にこう言っていることになる。

さあ、きみたち、お楽しみは終わりだ。いまから、きみたちの人生は下り坂になる。

要するに、このような公式の場のスピーチに熱心に耳を傾ける者がほとんどいなくてよかった、ということだ。

ハーバード卒業生たちの青春時代を懐かしむ気持ちは、在郷軍人会のメンバーが戦友に会いたいと思う気持ちと同じようなものに違いない。そして、ハーバード卒業生と在郷軍人によるそれぞれの集まりへの出席率も同じようなものだ。また、それ以外の共通点としては、嗜好の特異性もあるように思われる。ハーバード大卒の人間は、自分がハーバード大卒だということをけっして忘れることがないというのは本当だが、各自がその特異性にどれだけの価値を置くかは一定ではない。

九百八十人の同期生のうち、卒業十周年を祝いにサイオセットビーチホテルにやってきたのは百二十三人だった。月曜日と火曜日はホテルで過ごし、水曜日はケンブリッジに移動してコスチュームに着替え、ハーバードスタジアムへとパレードし、スピーチがあった後、エール大学とフットボールの試合が開催される。そこで同窓会は一応お開きとなるのだが、まだ元気があり余っている大勢の者たちはそのまま残り、金曜日に行われるエール大学とのボートレースのためにニューロンドンまで足を延ばすのがならわしだ。そして、これらの男たちがこうした行事に参加する動機にどのようなものがあるのか、そのすべてを知るのは容易ではない。大部分は心から楽しい時間を過ごせると思っているから来るのであり、実際、たいていの者は楽しんでいる。それ以外の者たちは、それが妻や、この卒業十周年の者たちの場合、必然的に、まだ幼い我が子からつかのま離れるのに不足のない理由を提供してくれるがために参加する。さらに、少数の者たちは義務としてその場にいる。つまり、彼らは在学中にスポーツ、または「課外活動」に熱心に参加していたために、クラス役員や幹事に選ばれたのだ。

昨夜の宴会での主な話題は戦争だった。今夜もまた宴会があるが、そこでの主な話題は殺人事件になるだろう。多くの者たちがまるで大発見でもしたかのように、戦争と殺人の比較を始めるに違いない。

ジュピターとベティは、ライスと警察官のあとについてホテルに戻った。ロビーに到着すると、ライスは再び取調べを受けるために会議室へ連れていかれ、続けて入ろうとしたジュピターは、第三者からの直接の協力などなくても調査は問題なく行うことができると確信しているらしい別の警察官に戸口で止められた。慎重にことを運ぶのが賢明だろうと思い、ジュピターはそれ以上、自説を強調しなかった。

パーディ署長はフロントでミスター・スティーヴンズと話をしていた。パーディは州警察から、この事件に関してはきみと協力して捜査に当たるつもりだと言われ、我々は目撃者たちを取り調べるから、きみは同窓会の出席者たちを探ってみてはどうかと勧められたのだった。パーディは自分にじゅうぶんな権限が与えられていないと感じていた。もっと権限が欲しいというわけではなかったが、もうすぐ地方検事が到着すると知らされ、完全に捜査から取り残されそうな気がしていた。

ジュピターはパーディを指差して言った。「あそこに地元の警察署長がいる。彼と話をしたら、どういう状況か教えてもらえるかもしれない」

「なんだか不機嫌そうだわ」

「彼の職業的嫉妬心に働きかけられるかもしれない」

ジュピターがパーディの状況を正確に察することができたのは、離れ業でもなんでもなかった。そういう状況が生じると理解できるくらい、何度も警察の事件捜査を目にしてきたのである。そして、多くの人々と違って、ジュピターは制服姿の警察官に気後れするということがなかった。「普通の人々がスーツを着たときと同じように、警察官も自分の制服姿を印象づけようとしているんだよ」彼は、かつてそう言っていたことがある。「だがどちらも、下着姿にでもならないかぎり、相手に自分を印象づけることはできないと自覚しておくべきかもしれない」

ジュピターはパーディに歩み寄ると、片手を差し出し、にっこりと笑った。「ぼくはジョーンズと言う者です。こちらはミス・マハンです」

パーディは握手をした。ベティは微笑んだ。「はじめまして、署長さん」

それほど強いほうではないパーディの猜疑心は、ベティの笑顔によって跡形もなく吹き飛んだ。

「この事件はあなたが担当していらっしゃるんでしょうね」と、ジュピターが言った。

「うむ」と、パーディ。「そういうことになりますかな。それでご用件は……」

「確かお名前は……」ジュピターはそこで言葉を止め、まるで舌先まで出掛かっているのだがというように考え込む表情を作った。

「パーディです」

ジュピターは、その名前をそっと二、三度繰り返すと、突然、ベティのほうを振り向いた。「これは偶然だな」

ベティは目をぱちくりさせた。「なんのこと?」

「先日、州警察局長室にいたとき、オブライエン局長から州警察の現状に関する報告書を見せてもらったんだが、そこでサイオセットは地元警察の評価でトップクラスだと話していたことを思い出したんだよ。だから、署長の名前に聞き覚えがあったんだ」

相手が黙り込んでいるのを見て、ジュピターはパーディがこれは果たして本当のことだろうかと信じきれずにいるのだと納得した。

「あなたはボストン警察に協力しているのですか?」パーディが訊いた。

ジュピターは控えめに笑い声をあげた。「そんなたいしたことではありません。昨年、ニューベリーの殺人で捜査に立ち会っていただけで、ぼくはただ……」

パーディが目を見開いているのをよそに、ジュピターは世間の注目を集めた殺人事件をあとふたつ付け加えた。付け加えた二つの殺人事件とジュピターのつながりは、新聞の熱心な読者というだけだが、必要とあればニューベリー殺人事件への関わりを証明すればいい。

「いや、なに」ジュピターは煙草の箱を取り出し、パーディが映画を観る人間でありますようにと願いながら言った。「ぼくは、いわゆるアマチュア探偵というやつでして、何度かツキに恵まれたので、面白そうな事件があるとオブライエン局長が知らせてくれるんです」

ベティは見事な自制心を発揮し、呻き声を洩らしそうになるのを咳払いに変えた。そして実際、映画にはよく行くパーディは、あいかわらず半信半疑の様子だった。こういう事態を経験したことはないが、もしボストン警察が、それをよしとしているのなら……。

「ところで」ジュピターは煙草の煙が目にしみるのも構わずに言った。「十一番ホールのティーグラウンドの道を挟んだ向かい側の森の小屋に住んでいる老人は何者ですか？」

「トム・カーターです」突然、ミスター・スティーヴンズが言った。ミスター・スティーヴンズはふたりの会話を熱心に聞いていたのである。この若者は最初、ライスの弁護士だと名乗ったのに、今度はアマチュア探偵だという。トム・カーターについての質問に意表を突かれて思わず答えてしまったとき、この男が何者なのか見極めてやろうと心に決めていた。

「なぜそんな質問を？」パーディが訊ねた。

「どれくらい、いかれているんです？」ジュピターが訊ねた。

「それほどでもありません」ミスター・スティーヴンズは言った。「彼は夜警として働いていたときに事故に遭って、いまでもその仕事を続けていると思い込んでいるのです」

「彼は、だれかれ構わずミスター・フリーマンと呼ぶんですか？」

「ええ」と、パーディ。「じいさんの上司の名前ですよ。彼がなにか？」

「道を間違って、あそこに迷い込んでしまったんです。そうしたら、彼が昨夜、銃声を聞いたと教えてくれました。それは何時だったか訊ねると、真夜中頃だと答えたので、彼の言ったことをどれくらい信じていいのかと考えていたのです」

ジュピターは煙草の灰を軽く下に落とすと、片肘をミスター・スティーブンズのデスクに載せてもたれかかった。ベティはジュピターのふるまいに、かすかにかぶりを振った。パーディは難しい顔をしていたが、ジュピターの策略に嵌まったのは明らかだった。

「あなたはミスター・ライスの弁護士じゃなかったんですか」我に返ってミスター・スティーヴンズが言った。

パーディのしかめ面が険しくなったのを見て、ジュピターはゆっくりとミスター・スティーブンズを振り返った。

「自分の正体を明かす前に現場を見ておきたかったのです」ジュピターは、これまでの発言とはいささか異質なカードを切ってしまったと気づいたが、正直が考えうる最良の策であったため、持っていた煙草を捨て、それを踵で踏み消すことで演出効果を狙った。「さてと」彼はパーディに向かって言った。「あなたは、本件に関してぼくの知らないことを山ほどご存知のはずです」

「そうかもしれませんな」

ジュピターはパーディの自信のなさそうな口調を無視して言った。「例によって、州警察が好き勝手をしてるんでしょうね」

「州警察ならもう来ています」そうパーディは言い、ジュピターはずばり核心を突いたとわかった。

「地方検事もこちらに向かっているそうです」

「おやおや」ジュピターは渋い顔で言った。「それで現在の地方検事はだれなんです?」

「ワトキンズです」と、パーディ。

ジュピターは満面の笑みを浮かべた。「なんだ、ワトキンズですか。あの人なら問題ありませんよ。おだてていれば、こちらの言いなりになってくれるそうですから」

「そうですわ」急に活気づいて、ベティが言った。「ワトキンズのことならご心配なく、署長さん」

ジュピターは、もしもワトキンズ地方検事がパーディの義理の兄だったりした場合、なんと言おうかと考えていたが、その問題は新たな人物の登場によって一時的に棚上げされた。白のサマースラックスとシャツ姿の若い男がやってきて、パーディの注意を引こうとしている。

「やあ、ジョージ」パーディが言った。

「こんにちは、署長」とジョージ。「さっき聞いたばかりなんですが、署長に伝えておいたほうがいいと思うことがありまして」

若者はスティーブンズのほうを向いて訊ねた。「支配人、オニールという男はここに宿泊中ですか?」

「ああ、泊まっているよ」と、ミスター・スティーヴンズ。あれこれ取り紛れていたせいで、彼はオニールへの電話のことをすっかり忘れていた。

「じつは」と、ジョージ。「昨晩、ぼくが食堂で仕事中に、若い娘が入ってきてホテルに電話をかけたんですが、その電話は店内のオープンな場所にあるので、なにを話しているか聞こえたんです」

「その電話を受けたのは、わたしだよ」スティーヴンズが言った。「いま、そのことを話そうと思っていたんだ、チャーリー。そのとき、変だと思ったんでね」

パーディは頭をかいた。「いったい、なにがあったんだね?」

「深夜になろうという時刻に電話があり、女性がオニールにつないでくれと言うので、使いの者に呼びにやらせたんだが、戻ってくると、オニールはゴルフ場に行っていると言うんだよ」そうスティーヴンズは言った。「だから、わたしは電話の相手にそう伝えて、電話を切った。そして今朝、またオニールに電話がかかってくるまで、そのことはすっかり忘れていたんだ」

「なるほど」パーディが言った。「先を続けてくれ、ジョージ」

ジョージはいささかがっかりしたように見えた。ミスター・スティーヴンズのほうが、より詳しい情報を持っているとは夢にも思っていなかったらしい。

「いや、それだけですよ」彼は言った。「ホテルまで一マイルのところにいて、車もあるというのに、わざわざホテルに電話をかけるなんて不思議じゃありませんか。それで、ゴルフ場にあったという足跡のことを聞いたとき……」

「オニールはゴルフ場でなにをしていたんだ?」パーディが訊ねた。

「さあ」と、ミスター・スティーヴンズ。「ちょうどいまみたいなお客が泊まっているときには、なにがあっても別に変だとは思わないんだよ」

「突き止めてみせる」パーディが言った。「それで今朝の電話というのは?」

「サラ・ウィンゲートが今朝、興奮した様子で女性からミスター・オニールにお電話ですと言うんだ」とスティーヴンズ。「わたしは、昨夜の電話のことを思い出すまでなにも思わなかったんだが」

「教えてくれるまでにずいぶん時間がかかったじゃないか、ジョージ」パーディが言った。

「わたしほど、あれこれ考えなければならないことがあったら、おまえさんだってそうなるだろうよ」スティーヴンズが応じた。

「こっちだって、いろんな問題が山積みなんだ」パーディが言った。

「とにかく、我々はそのミスター・オニールについて検討したほうがよさそうだ」と、ジュピターが言った。「ジョージ、その女性の特徴を教えてくれるかい」

ジョージは喜んで会話に加わった。「身長はこれくらいでした」彼はそう言うと、手で自分の肩を示した。「茶色の髪で帽子を被っていました」

「電話の主は、名乗らなかったのですか?」ジュピターはスティーヴンズに訊ねたが、彼はかぶりを振った。「ええ、名乗りませんでした」

「オニールはどこです?」

「しばらくどこかに出かけていたようですが、もう戻っているでしょうから呼びにやりましょう」

「それはいい」ジュピターは言うと、ジョージのほうを振り返った。「お手柄だったね、ジョージ。ところでその女はどんな靴を履いていたか覚えていないかい?」

「靴ですか」

「そうだ。ハイヒールかい?」

「覚えてません。そうだとは思いますけど」

「わかった。その女は、だいたいいくつぐらいだった?」

「二十五歳ぐらいかと」

「美人だった?」

ジョージはにっこりしようとして、にやにや笑いになった。「なかなかいい女でした」

ジュピターはジョージがどういう女を美人とするかについて追求しようとはせず、片手をパーディの腕に置くことでジョージの話を遮った。

「ねえ、署長」彼は熱心に言った。「どうやら手がかりがつかめそうですよ」

パーディは困惑したように、この新しい仲間を見つめた。「そうだな」彼は自信なさげにそう応じた。「確かに」

第六章

「そうすると、オニール」ワトキンズ地方検事が言った。「きみは昨夜、ゴルフ場でなにをしていたんです？」

「ゴルフですよ」オニールはそう言うと、足を組んだ。

「真夜中に？」

「そうです」

ワトキンズ地方検事は、オニール、州警察のモース警部、パーディ、そして最後にジュピターを順々に睨みつけた。

モース警部がワトキンズ地方検事に事件についての状況説明をするのに要した十五分間で、オニールの居どころが突き止められ、この事情聴取が会議室で行われる運びとなった。ジュピターは会議室に入るパーディのあとについて行き、ちゃっかりその場に加わっていた。いまのところ、彼の存在はみなから当然視されている。ジュピターは膝の上にクラスレポートを広げて、パーディの隣に座っていた。みなのことを正確に把握しておくに越したことはないだろうと思い、一部、ミスター・スティーヴンズから借りてきたのである。ノースとエドのレポートには目を通しており、いまのところオニールがその調査票に回答していない数少ない卒業生のひとりであることを知っていた。クラスレポートには、ニューヨーク銀行気付となっている郵便送付先しか掲載されていなかったのだ。

「ことの次第はこうです」と、オニール。「十一時頃、ディック・マシューズとポーチにいたときに、こんなに月が明るいんだから一ラウンド、プレイすることだってできそうだとだれかが言い、しこたま飲んでいたせいもあって、実際にやってみようということになりました。結局、最初のフェアウェイで半ダースほどボールをなくして断念しましたが、パットにはじゅうぶんな明るさだったので、グリーン上でパットの勝負をしたんです」

オニールの様子には事情聴取のために呼び出されたことに対する、緊張もいらだちも感じられなかった。両手は片方の膝の上で組んでおり、ゆったりと椅子の背にもたれて腰掛けている。

「ゴルフ場にはどれくらいいましたか?」

「覚えていませんが、一時間くらいでしょうか」

「マシューズとは最初から最後まで一緒だったのですか?」

「ええ」

ワトキンズ地方検事からなにごとか囁かれたモース警部が部屋から出てゆくのを見て、ジュピターはマシューズを探しにいったのだなと察した。ジュピターはクラスレポートの「M」のページをめくった。

「ミスター・オニール、わたしはさっきここに着いたばかりで、今回の件については簡単な報告しか受けていません。ノースについて詳しい情報を得たいと思っているのですが、彼について教えてもらえませんか?」

ワトキンズ地方検事の口調は穏やかで、服の着こなしも申し分なく、いまのところたやすく手玉にとれそうな兆候は皆無だった。ジュピターはなるべく早いうちに、自分はワトソンという名前の男とワトキンズを混同していたようだと、パーディに伝えることにした。

オニールは一語一語、嚙んで含めるように答えている。「昨夜は別として、大学卒業以来、彼とはまったく会っていませんでした。彼が結婚したことは知っていましたが、それ以外、彼についてはなにも知りません」

「つまりは十年間、会っていなかったということですね」ワトキンズ地方検事は言った。「あなたはなにをしておいでなのですか、ミスター・オニール」

「いまは、なにもしていません」

ワトキンズ地方検事は小首を傾げて、先を促した。「もう少し、詳しく話していただけますか？」

「大学を卒業してからの身の上話をご希望ですか？」

オニールはにこりともしなければ、嫌な顔もすることなく、淡々とそう言った。この調子じゃオニールがなにを考えているかをうかがい知るのは難しそうだが、昨夜の電話のことを思えば、なにも考えていないはずはなかった。

「それで構いません」

オニールは組んでいた足をほどくと、表情を変えることなく、自分の経歴を早口で語りはじめた。

「大学を終えて一年は外国で過ごし、二年間はスクーナー船（マストが二本以上ある縦帆式の帆船）に乗って世界を回り、パリに流れついてから一年間、新聞社で働いたあと、スペインに行きました。スペインには一年半ほどいて、そのあとの半年間は入院し、退院してからパリに戻りました。フランスでは救急車の運転手をして、次にイギリスへ行きました。そして、ここ一年はニューヨークにいたんです」

それは、波乱万丈な十年間の簡潔きわまりない要約であり、それを自分の人生と比較したジュピター は、他人の冒険に満ちた人生を聞いた男ならだれでもそうなるように、羨ましいと思った。

ワトキンズ地方検事もなにかを感じていたようで、こう感想を洩らした。「それはまた、すごい人生を送ってこられましたね」

笑顔を見せたオニールに、ジュピターはいささか皮肉な考えが浮かんだ。つまり、オニールの言葉少なさと素っ気なさは、ひょっとしたら、聞き手により大きな印象を与えるための演出なのではあるまいか。

「スペインでは戦闘を？」ワトキンズ地方検事の質問にオニールは頷いた。が、いかにも残念そうに彼は本題に戻った。「ミスター・オニール。聞いたところによると、昨夜、あなたがゴルフ場に出ているときに電話があったとか。そして、その電話は約一マイル先の道路沿いの店から、ある若い女性がかけていたようです。そのことについて、我々に教えていただけますか」

「いいえ。あいにく、それはできません」

「その電話があったことは知っていましたか」

「今朝知りました。彼女からまた電話があり、昨夜もぼくに電話をしたと言っていたのです」

ワトキンズ地方検事は椅子に深々と掛けなおすと、自分の時計の鎖をもてあそびはじめた。「では、その電話は殺人とはなんの関係もなかったのでしょうね、ミスター・オニール」

オニールは声をあげて笑った。「ええ、ないですね」

「女性の足跡がゴルフ場で発見されています。当然ながら我々としては、それらがいつ、だれによってつけられたかを知りたいわけです。その足跡は昨夜つけられた公算が高いのでね。ですから、今朝、あなたに電話してきた若い女性がだれかを教えていただければ、調査して、その女性を可能性から除外できるのです」

これぞ、検事にふさわしい単刀直入な質問方法だ。

「まず、はっきりさせておきましょう」オニールは身を乗り出してそう言った。「昨夜、電話をかけてきた女性は、そのときぼくと話すことはできず、今朝また電話をしてきました。あなたは、彼女がゴルフ場をうろついていたかもしれないと考えて、何者かを知りたがっている。しかし、彼女はゴルフ場をうろついていないし、ぼくはシャーマン・ノースとは十年間会っていませんでした。この女性とはこの冬、ニューヨークで知り合いましたが、既婚なのに少々、頭がどうかしているのです。ぼくと付き合いたがっていて、昨夜はぼくをつかまえられなかったので、今朝になってもう一度、電話をかけてきました。今夜、ぼくとデートしたいと言われ、はっきりと断りました」

オニールが感情らしきものを表したのはそれが初めてだった。静かな話し方ながら、物事をきちんと理解できない子供に言っているようだ。

「それで、その女性の名前は教えられないと?」

「ぼくのことを、時代遅れとでもなんとでも言ってください」と、オニール。「彼女がご主人ともめる原因を作ることになんの意味がありますか。ひょっとしたら、妻が夜にこそこそ出かけているのは知っているかもしれませんが、それを伝えるのはぼくの役目じゃありません」

「いいでしょう。ミスター・オニール、いまのところはそういうことにしておきましょう。ときに、あなたはゴルフをしに行く前に、ホテルやその周囲でノースを見かけませんでしたか?」

「ええ、見たと思います。確か、バーにいました。時刻はさておき、バーに近寄っていない奴はいませんから」

モース警部が、オニールとゴルフをしていたというマシューズを連れて戻ってきた。彼らが紹介や挨拶をしているあいだ、ジュピターはクラスレポートを読んだ。

そこに書いてあったのは——

リチャード・ケアリー・マシューズ

農場経営。郵便送付先、ロッキング・M農場、ワイオミング州ビッグホーン。一九三三年九月二十三日、ローラ・マニングと結婚。一九三八年五月に離婚。実業界で幾度か誤ったスタートを切るも、優良品質種の食用牛を育てることに一生を捧げようと、ワイオミングにある父の農場に帰る。いまもそれに取り組んでいるが、その結果はまちまちだ。三年前に父が亡くなり、自分がロッキング・M農場を継いだ。結婚も試みたが、食用牛と同様うまくいかなかった。時折、同期の友人たちが立ち寄ってくれるが、わたしが経営しているのが大農場でないことに驚いているようだ。いずれにせよ、同窓会のために東部へ行く時間は作れそうにない。

上着は着ておらず、シャツの袖をまくりあげているマシューズは、実際に会ってみると、自分がこれまで農場主として思い描いてきた人物像そのものだった。ゲーリー・クーパーと間違えられることはないにせよ、農場主らしくひょろっとしているが、鍛え抜かれた肉体だ。オニールはスペイン内戦やその後の戦争も経験している元軍人というよりバミューダ帰りの株式仲買人のように見えたが、マシューズは経歴にふさわしい風貌だった。

マシューズはオニールの隣の椅子に腰掛けると、ワトキンズ地方検事から昨夜の行動をかいつまんで話して欲しいと言われて、こう言った。「バーで一杯か二杯飲み、それからジャックとゴルフをやりに行きました。普段それほどゴルフをするわけではありませんが、気持ちのいい夜だったので、そういう気になったのです。我々は一時間ほどゴルフ場をふらふらしてから、ホテルに戻って寝ました」

「一緒に戻ってきたのですか?」

「そうです」

「あなたはノースのことを、よくご存知でしたか?」

「学校を出てから会っていませんでした」

マシューズの口調も淡々としたものだったが、状況にふさわしい真面目な態度をとっているように感じられた。

ワトキンズ地方検事が訊いた。「もしもあなたがたがゴルフ場にいるときに発砲されていたとしたら、聞こえていたと思いますか?」

「いいえ」と、マシューズ。「南西の強い風が吹いていましたから。我々が風上で、ノースが発見された場所がちょうど風下です」

「ミスター・マシューズ、あなたはこのあたりにお住まいですか」

「いいえ、ワイオミング在住です」マシューズの答えに、ジュピターは郷土愛のようなものを感じとった。

「風向きを覚えているとはすごい」と、ワトキンズ地方検事は言った。この男は、かなりの切れ者らしい。

オニールが言った。「リチャードはいつでも風向きがわかっているのです。開けた広大な土地の出身ですから。あれほどの強風でなければ銃声も聞こえていたかもしれませんね」

「しかし、実際には聞かなかった」ワトキンズ地方検事はそう言うと立ち上がった。「質問は以上です。お手間をとらせて申し訳なく思っていますが、タイミングの悪いときにゴルフをしていたということでご容赦ください。なにか思いついたことがあれば、連絡をお願いします」

オニールとマシューズは部屋を出ていった。彼らが共謀して十年も会っていなかったノースを射殺したのでないかぎり、警察は別の線を追わざるをえないだろう。

そのための準備と、記憶を整理するためか今回の事件に関して、すでにわかっている事実を列挙していった。「ノースは三二口径のリボルバーから至近距離で発射された一発の弾丸で心臓を撃ち抜かれている。死亡時刻には意識不明だったかもしれないが、いずれにせよ、死の少し前に頭蓋底に打撃を受けていた。ノースと同室だったライスは、前の晩にどのようにして手を負傷したか思い出すことができず、真夜中過ぎにシャツと手に血をつけた状態をロビーで目撃されている。監察医は、ノースの頭蓋底への打撃は握りこぶしによって加えられた可能性もあるが、おそらくそうではないと考えている。ライスとノースは親しい仲ではなく、十年間も会っていなかった。ノースの車は遺体のそばで発見されており、ドアの取っ手とハンドルからはきれいに指紋が拭き取られていた……」

ジュピターにとって、これは初耳だった。ハンドルに指紋がなかったのなら、ノースがゴルフ場まで運転してきたとは考えにくい。非常に興味深い事実だ。

「クラブハウスから続いている女性の足跡は、ゴルフ場を通って十一番ホールのティーグラウンドまで続き、そこで終わっている」ワトキンズは話すのをやめ、かぶりを振った。「その足跡がどこへ行ったかを突き止めるためには、さらなる調査が必要だ」

「見つからんでしょう」パーディが言った。「場内を何度となく探してみましたから」

ワトキンズ地方検事はパーディに頷いてみせた。「もちろん、きみがじゅうぶんな調査をしたということはわかっている。だが、それが忽然と消えうせているのには、なにか理由があるはずだ」彼はポケットから封筒を取り出すと、書き物机の上に中身を出した。ジュピターは立ち上がって、それを見た。捜査のこれほど早い段階で、もう証拠が見つかっているとは知らなかった。

「この折れたマッチと、ミニチュアのナイフはノースの車の後部で見つかった」と、ワトキンズ。ジュピターはハッとしてワトキンズ地方検事を見ると、インテリ風の話し方も演技だろうかと考えた。彼は真剣そのものに見え、ジュピターは結論を先延ばしにした。

そのマッチはどこにでもある、木製のキッチン用マッチで、真んなかから折れていたがつながってはいた。火をつけた形跡はない。それよりもジュピターは、小さなナイフ型チャームのほうに興味をひかれた。その剣は長さ一インチもなく、銀製で、柄のところにありふれたリングがついていた。リングは閉じておらず、こじあけられている。ジュピターは、たまたま秘密結社の記章について知っていたが、この剣型チャームには見覚えがなかった。

「よく女の子がブレスレットにつけているもののように見えますな」と、パーディ。

「ノースの車には、最近、掃除した形跡がありました」モース警部が言った。「おそらくは、この同窓会にくる前だと思います。家族と会ったときに確認しましょう」

ミセス・ノースには、かかりつけの医師が夫の死を知らせたとパーディが言っていた。ジュピターはクラスレポートから、ノースの別荘がサイオセットから半径二十マイル以内にあることを発見しており、それは必然的にノースの家族全員を容疑者にする距離だった。ノースが死んだという知らせが、犯人を驚かせることがないのは当然だが、こういうやりかたで訃報を知らせるのは疑問だった。

「我々は、ノースがいつホテルを出たかを突き止める努力をしなければならない」ワトキンズ地方検事が言った。

「そして、なぜホテルを出たかということも」と、ジュピター。

「ああ、もちろんだ」ワトキンズ地方検事はいま初めてその存在に気づいたかのように、ジュピターを見つめた。「きみは州警察の人間かな？」

遅かれ早かれ、彼に自分の身元を明らかにしなければならないとわかっていたジュピターは、前例を破って本当のことを伝えた。友からの電話や、森のなかで老人に出会ったことも含めて、できるだけ簡潔に話した。

「こいつは驚いた」ジュピターが話し終わったとき、ワトキンズ地方検事は言った。それから、声を上げて笑いだした。「アマチュア探偵が応援に来てくれているとは知らなかった」

「特別ボーナスみたいなものです」と、ジュピター。

「きみから目を離さなければ、とくに問題もないだろう」

ワトキンズ地方検事は再び笑い出し、ジュピターはいまにも彼に背中を叩かれるのではないかと思った。これで、ジュピターのワトキンズに対する人物評が完成した。この男は自分の立場を大いに気に入っているし、それだけの実力もあるらしく、必要とあらば生命保険のセールスマンにも引けをとらないくらい愛想もいい。実際、成功している政治家に必要な資質がすべて備わっている。

ジュピターの立会いが正式に認められたところで、まるで映画における場面転換のようなタイミングで別の警察官が現れた。その警察官はドアから頭をのぞかせて言った。「大事なことを話したいと言っている男にお会いになりますか？」

ワトキンズ地方検事が「ああ、頼む」と返事をし、その警察官は頭をひっこめた。やがて、ひとりの卒業生が決まり悪そうな表情で部屋に入ってきた。

「ヘンダーソンといいます。これはひょっとしたらなんでもないことかもしれませんが、あなたたちにお伝えするべきだと思いまして」

「どうぞ、話してください」と、ワトキンズ地方検事。

「じつは」ヘンダーソンが切り出した。「罪のない人を陥れるつもりはないのですが、昨夜、寝ようと思って部屋へ戻るときに、同じ階の廊下の端の部屋から、男が出てゆくのを見たんです」

彼は一瞬、言葉を止め、おもむろに説明を始めた。「ぼくの部屋は一階の棟で、廊下の突き当りには外に出られるドアがあるのです。とにかく、そのドアからだれかが外に出るのを見たんですが、それがハーラン・ブラウンだったのです。間違いありません。今朝、事件についての知らせがあってから、あんな時間に外でなにをしていたのかとブラウンに訊ねてみました。確か十二時少し前でした」

彼はまるで質問されるのを待っているかのように、また間を置いたが、だれもなにも言わなかった。

「ええと、ぼくがブラウンに訊いたら、彼は外になど出ていないと言ったのです。それは見間違えだし、十一時半にベッドに入って、絶対に外になど出かけていないと言い張るのです。しかし、ぼくは外に出た人物がブラウンだと確信しているからこそ、こうしてわざわざお知らせに来たのです」

再び口をつぐんだヘンダーソンは、異論があるなら言ってみろとばかりに顎を突き出している。彼は自分がハーバード大卒だとわかってもらえないのではないかと心配する人間らしい、大げさなアクセントで話しており、ジュピターはげんなりした。

「とにかく、人ひとり殺されたのですから、少しでも妙なことは報告するのが義務だと思いました。おそらく、ハーランには正当な理由があるのでしょうが、それでもやはり……」

ヘンダーソンが口ごもったのを受けて、ワトキンズ地方検事が助け舟を出した。「もちろんですとも。どうもありがとう。その人物がブラウンだったのは確かですか?」

「はい、確かです」

「わかりました。ありがとう」

ヘンダーソンは偉そうに部屋を一瞥すると、出ていった。

「というわけで」ワトキンズはモース警部に言った。「このブラウンという男を見つけられるかやってみてくれ」

ジュピターは芝居のプログラムをめくるような気持ちで、再びクラスレポートの「B」のページを探した。

第七章

ジュピターは読んだ――。

ハーラン・ブラウン

俳優。住所、ニューヨーク州ニューヨーク市四十四丁目西二十七番地、ニューヨーク・ハーバードクラブ。一九三七年四月十六日、ホープ・ディクソンとアリゾナ州ユマ市で結婚。十年間、売れない役者をやってきたが、ハーバード時代の演劇部公演のことはいまも懐かしく思い出す。きっと、時間が苦労を忘れさせ、楽しかったことだけを記憶に刻ませるのだろう。少なくとも、これらの公演は打ち切りになったりはしなかった！　仕事の話をすると、ぼくは主要キャストの名前を書いたネオンサインのなかに自分の名前があるのを見て、最高の瞬間と呼ばれるであろう恍惚とした気分になったことがある（そのネオンサインは高さ六インチで、我が名は出演者リストのなかの一番最後であり、しかもそのショーはわずか四度の公演で打ち切りになったけれど！）。いずれにせよ、仕事のなかには面白いものもあるし、そうでないものもある。二年間にわたってハリウッドで仕事をしたので、注意力があれば『びっこをひく男』、『虚空の貴婦人』、または『警告！　危険！』などの感動大作でぼくのプロフィールを見かけた人もいるかもしれない。まあ、たまたまめぐりあわせで、映画界はぼくではなくタイロン・パワーを見出したので、ブロードウェイに戻った。以来、三本の失敗作と、とっくに舞台化されているべきだったのが、ようやく実現した二、三の作品に出演した。どうやら、真の大事業の一端を担うには徴兵されるしかないようだ！

このレポートを興味深いと思ったジュピターは、ワトキンズ地方検事とパーディにも回覧した。彼らはモース警部がブラウンを連れて戻ってくるまでに、レポートに目を通した。

ブラウンは小柄に近い中背で痩身、嫌味にならない程度にハンサムだった。彼のギャバジンのスーツ、ネクタイ、白の靴は、同期生たちがハリウッドやブロードウェイの影響を鵜の目鷹の目で探すだろうということを承知で、注意深く選ばれている。その結果は、わざとらしくはないが高級感漂うというハーバード演劇部の伝統にかなったものになっていた。ジュピターはブラウンの靴の片方についている汚れが、たまたまそこについたのか、それとも意図的なのかを考えている自分に気づいて苦笑した。自分だって人のことを言えた義理ではない。「なんといっても、この男は俳優なのだ」。

ブラウンは忍耐と好奇心をたたえた表情でドアのすぐそばに立っていた。それは本物かもしれないし、演技かもしれなかったが、ジュピターは分析をやめて、この男の言うことに耳を傾けろと自分に言い聞かせた。

ワトキンズ地方検事は慣れ親しんだ法廷での物腰に戻って、言った。「ミスター・ブラウン、できるだけ詳しく、昨夜の行動を話していただけますか」

「なんてこった」ブラウンはそうつぶやくと、おもむろに言った。「もちろんです。どこから始めればいいですか？」

「十時頃からお願いします」

ブラウンは驚いた顔をすると、すっと椅子に腰を下ろした。「昨夜は、いちいち時計なんか確認しませんでしたが、夕食会がお開きになったのが九時半頃だったと思います。バックギャモンを何ゲームかしてから、その後はバーへ行って何杯か飲みました。お酒は飲んじゃいけないことになっているんですが、せっかくの機会ですしね。まあ、すぐに後悔しましたけど。気分が悪くなって、ベッドに入ったんです。おそらく十一時半ぐらいだったと思います」

「その後は部屋から出ませんでしたか?」

ブラウンは吹きだした。「おおかた、ヘンダーソンがあることないこと吹聴したんでしょうね。少し前にやって来て、なにくわぬ顔で秘密を聞きだそうとしていましたから。ぼくは彼にスリルを感じさせてあげようと、すべてを否定したんです」

そこで言葉を切り、声を上げて笑いだしたブラウンを見て、なにかを隠そうとしているのだとしたら、ずいぶんと口のうまい男だとジュピターは思った。

「もちろん、彼が見たのはぼくです。ベッドに横になったとたん、ますます気持ちが悪くなり、トイレを汚すよりはと思ったので外へ出ました。十分ほど外にいたら、気持ちも、胃のほうも落ち着きましたよ」

このうまい言いまわしをちゃんと理解しているかと確認するように、ブラウンは周囲を見回した。ブラウンというのは、大好きになるか、大嫌いになるか、二者択一の男だと思った。その中間はありえない。

「なぜノースが殺されたか、心当たりはないですよね?」ワトキンズ地方検事が訊いた。

「ありません」ブラウンは急に真面目な顔つきになった。「まったく、ひどい事件です。彼とは大学卒業以来、会っていなかったのですが」

卒業以来、ノースとは会っていなかった人物のリストは長くなるばかりだった。

「あなたが寝るために部屋へ戻ったとき、バーにノースがいたかどうかはおわかりになりますか?」

ブラウンはかぶりを振った。「よくわかりません。しかし、そのことについて昼食のときにみんなと話していたんですが、彼がホテルを出ていったのを見たという者が三人いましたよ。みんな昼食中ですが、その件であなたたちにお話しするつもりだと言っていました」

「その三人は、ノースがホテルを出ていくのを見たんですね?」

「そうです。ぼくの聞いたところによると、そのうちの二人がポーチで話をしているときに、ノースがウィンストンと一緒に出てきたらしいです。ウィンストンというのはラリー・ウィンストンのことです。ウィンストンによれば、ノースは自分の車になにか取りに行くと言っていたそうですが、三人とも彼が戻ってくるところは見ていないそうです。と言っても、彼らは別にノースが戻ってくるのを待っていたわけではないと思いますが、それでも……」彼は最後まで言わずに片手をひらひらと振り、こう付け加えた。「いずれにせよ、あなたがたが直接、質問しますよね」

「そうですね、残り二人の名前は?」

「カートライトとブラッグドンです」

ワトキンズ地方検事が目顔で合図し、モース警部はまた部屋から出ていった。ブラッグドンというのは、エドに事件を知らせに来た男だったはずだ。ジュピターは立ち上がると、パーディが置きっぱなしにしていたテーブルの上からまたクラスレポートを手に取った。非常に便利な本である。

すでに立ち上がっていたブラウンは、例のふたつの証拠物件が置かれていたテーブルの横を通り過ぎようとして、ふと立ち止まった。

ワトキンズ地方検事がすかさず質問した。「これがなにかご存知ですか？」

ブラウンはテーブルから目を上げた。「ナイフじゃないんですか？　小さな飾り《チャーム》のようですけど」

「なにを意味するかおわかりですか？」

「いいえ。このようなものは見たことがありません」

ワトキンズは唸った。「結構です。お手間をとらせました、ミスター・ブラウン」

ブラウンは出て行き、ジュピターは間もなくやってくるであろう三人組のうち、まずブラッグドンのページを探しだした。ブラッグドンの項は短かった。

トマス・ハントリー・ブラッグドン
政府職員。住所、ワシントンDC北西地区三十三丁目一五一七。ワシントンDC全米労働関係委員会で調査・研究職に従事。大学卒業後に五年間にわたって政府をこきおろしたあと、政府の仕事とはどういうものなのか見てやろうと決意。まだ完全に魂を売り渡してはいないが、任されている仕事は発見に満ちている。

ブラッグドンの政府に対する現在の見解を読み解こうとはせずに、ジュピターはカートライトのページをめくった。

ネルソン・デイヴィス・カートライト・ジュニア
法学部卒。住所、ニューヨーク市八十三丁目西一三三番地。キャロル、バージェス、ステットソン&クロフト社ジュニアパートナー。この二年間、前述の会社に勤務している。一九三八年から三九年にかけては、デューイ地方検事の特別調査団に加わり、ニューヨークのさまざまな非合法活動を調べた。この仕事は映画で描かれるほど血沸き肉踊るものではなかったが、より効率的な刑事告発の方法や、我が国の仮釈放制度の賢明な解釈と取り扱いの必要性を痛感する。時間があるときに自説を文書にまとめており、これが遠からずニューヨーク州議会に提出されることを願っている。それに伴うさまざまな困難についてはよくわかっているが、なにかできるかもしれないという大学時代の理想主義は、いまでも持ち続けている。

新たな探偵の登場だなと思い、ウィンストンのページをめくった。ロングアイランド、ウェストベリーのローレンス・フッド・ウィンストンは、自分自身のことをなにも明かしていなかったが、ジュピターは彼がまだポロ競技をやっているという程度には、社交界雑誌に目を通して知っていた。「プログラムをどうぞ」ジュピターはそう言うと、クラスレポートをワトキンズへ放った。「各プレーヤーを把握する唯一の手段です」

ジュピターは探偵小説を読むとき、警察官が参考人たちに話を聞いている場面を飛ばし読みをする傾向があった。こういった場面は、永遠に続くように思えるからだ。小説のなかの犯罪を解き明かす助けにはならなかったが、ジュピターのこの習慣は続いていた。そしていまは、捜査がもう少し刺激的な方向へ進むことを願っていたが、こんなことを考えるのは空腹だからだと思い直した。いまごろベティとエドは、冷えたビールをお供に昼食の最中に違いない。「以前、デューイのもとで働いていたらしい」

「ふうむ」顔を上げながらワトキンズ地方検事が言った。

「ええ」と、ジュピター。「ローンレンジャー（米国の人気西部劇の主人公）のマシューズの次は、ギャング退治のカートライトですね」

だが、カートライトはなかなかやってこなかった。ブラッグドンとウィンストンとともに戻ってきたモース警部は「カートライトは電話中でまもなくきます」と告げた。

ブラッグドンはウィンストンより小柄で、部屋に入ってくるときにそれまで吸っていた短くなった煙草を捨て、新しい煙草に火をつけた。レンズの分厚い、べっ甲ぶちのメガネをかけており、なんとなく、新聞を読むためにメガネをかけたばかりのように見えた。また、ポロ競技で活躍しているはずなのに、ウィンストンはジュピターがこれまでに見てきたどのハーバード卒業生よりも不健康そうに見えた。ウィンストンの胴まわりと首は、ベルトと襟からはみだしており、ここ数日間の不摂生の結果らしく、その目は半分ほどしか開かないようであった。

質問されるのを待たずに、ブラッグドンが言った。「我々が知るかぎり、昨夜、ノースはだれとも落ちあってはいませんでした。彼はここにいるラリーに、車に忘れものを取りに行くと言ったんです。ぼくはカートライトとポーチにいて、ラリーもぼくたちのところにやってきました。ノースが戻ってこないことについては、だれもなんとも思っていませんでした」

ワトキンズが片手をあげた。「すみませんが、ちょっと待ってください。ことの次第をできるだけはっきりとさせておきたいのです。さきほど、ミスター・カートライトとポーチにいたとおっしゃいましたが、それはどのポーチですか？」

「海側のポーチです。バーから直接、そこに出られるドアがあるんですよ。カートライトとぼくは、ノースとウィンストンが出てきたときにそこにいたのです」

ワトキンズがウィンストンのほうを向いた。「あなたはノースと一緒に出てきたのですか？」

「ええ」ウィンストンは頷いた。「バーで彼と話をしていて、ぼくがちょっと外に出てくると言ったら、シャームもついてきたんです。車からなにか取ってこなくてはと言っていました」

「なにを取りにいくとは言ってませんでしたか？」

「言ってなかったですね」ウィンストンは腰を下ろした。

ブラッグドンは一息で、四分の一インチほども煙草を短くすると、吐き出した煙ごしに言った。「おそらく、十二時ちょっと前ぐらいだったと思います。三十分ほどそこにいて、バーに戻ったのが十二時半頃でしたから」

「ノースが戻ってこなくても驚かなかったとおっしゃいましたね」ワトキンズ地方検事が考えこむように言った。

「ええ」と、ブラッグドン。「反対側のほうから戻ったのだろうと思いましたから。ロビーを通って。駐車場からだとそっちのほうが近道でしょうし」

「では、ノースはあなたと別れたあと、ホテルをぐるっと回って駐車場へ行ったのですか？」

「そうです」

「彼に緊張していたり、困っているような様子はありませんでしたか？」ワトキンズはウィンストンに訊ねた。

「いえ、全然。みんなでワインかなにかの話をしていました」

「ノースのことはよく知っていたのですか？」

「大学卒業後に会ったのは一、二回ぐらいだと思います。四年くらい前にニューヨークでばったり会ったんです。そのときも、五分も話さなかったですけどね」

「では、動機の心当たりはありませんか？」

ウィンストンがかぶりを振るのを見て、ワトキンズ地方検事はブラッグドンに話を振った。「あなたは？」

「心当たりがあれば、とっくにお話ししてますよ。ぼくは大学卒業以来、ノースには会っていませんでした」

「ふむ、これで彼がホテルから出ていったおおよその時間がわかりました」ワトキンズ地方検事はそう言うと、顎を掻いた。「あなたがた三人はそのままポーチにいて、それから三十分後になかに入ったんでしたね？」

「ラリーはぼくらの十分ほど前になかに入りました。まあ、ぼくらが入っていったときにはバーにいましたけどね」

ワトキンズはテーブルに行くと、例の小さな剣を指差した。「どなたか、こういうものを前に見たことはありませんか？」

ブラッグドンはメガネの奥の目をぱちくりさせながら、その飾り《チャーム》を見つめた。「いいえ、一度も。きみはどうだ、ラリー？」

ウィンストンは立ち上がって、こちらにやってきた。「ないですね」彼は言った。「これはいったいなんです？」

「わかりません」ワトキンズ地方検事が言うと、ドアが開いてカートライトが入ってきた。

カートライト弁護士は堅苦しい自己紹介をし、待たせたことを詫びると、最後にこう言った。「わたしが今回の件について知っていることは、すでにブラッグドンからお聞き及びでしょう」

カートライトは早口で、なんでも協力しようと意気込んでいるようにみえた。

「そうですね」とワトキンズ。「ノースが出発した正確な時間をこれほどすぐに突き止めることができて幸運だと思っています。実際に彼がホテルから出ていったところを見ていた人がいるとは思いませんでした」

「わたしには、ノースが荷物かなにかを取りにいくとラリーに告げたとき、本当のことを言っていたのかどうかが問題のように思えるのですが」と、カートライト。「もしもそれが本当だったのなら、彼は駐車場の車のそばでだれかに会ったということになります。いっぽう、嘘をついていたのなら、きっとどこかでだれかと会う約束をしていたのでしょう」

「そうですね」と、ワトキンズ地方検事。「ひょっとして、この殺しの動機に心当たりなどおありではないでしょうね、ミスター・カートライト」

「残念ながら。学生時代、ノースとはほぼ面識がありませんでしたし、卒業後は十年間、会っていませんでしたから」

しばらく、考えこむような沈黙があたりを包んだが、おもむろにモース警部が質問をした。「だれか、その前にもノースがホテルを出ていくのを見た者はいるんでしょうか？」

ワトキンズ地方検事が怪訝な顔をした。「なぜだね？」

「いや、犯人がだれにせよ、ノースがホテルを出ていったとどうして知ることができたのかと。彼宛てに電話があった形跡はありませんし、我々の知るかぎり、彼がだれかに電話をした形跡もありません。ノースを殺した人間は、銃を持って彼を待ちぶせしていました。車になにかを取りに行くのは、間違いなく彼の作り話だと思いますね」

ワトキンズは頷くと、ウィンストンのほうを向いた。「ノースが車に行くと言っていたとき、正確にはなんと言っていましたか？」

「あいにく、正確には思い出せません。ぼくらはポーチにいて、彼はなにかを車から持ってくるのを忘れたと言っていました。そして、ポーチにいるときに、それを取ってきたほうがよさそうだとかなんとか」

「そもそも、一緒にポーチに出るというのは、あなたが言い出したことだったんですよね？」ワトキンズ地方検事が訊いた。

「どういう意味ですか？」釈然としない顔で、ウィンストンが訊きかえした。

「さっき、そう説明していたじゃないか、ラリー。バーにいたときに、ちょっと頭をすっきりさせに外へ出てこようと思うとノースに言ったと」ブラッグドンが助け舟を出した。

「ああ、そうだった」ウィンストンが言った。「ええ、確かにぼくの思いつきでした」

「もちろん、彼がだれかと待ち合わせをしていたのなら」と、カートライト。「彼はいつでも好きな時間にバーを出ていけたでしょう。しかし、ウィンストンの、外の空気を吸いにいくという思いつきが、そのとき一緒に外に出るよい口実をノースに与えたのかもしれません」

「ありうる話です」と、ワトキンズ地方検事。

ドアを静かにノックする音が聞こえ、モースが立っていきドアを開けた。そして、ベルボーイと短く言葉を交わし、ワトキンズ地方検事を振り返った。

「あなたにお電話です」

ワトキンズ地方検事は立ち上がり、事件のあらましについてなんらかの仮説を立てるのはまだ時期尚早だと考えていたジュピターも、彼について部屋から出た。ワトキンズ地方検事はフロントで電話を受け、それを立ち聞きする意図を隠すつもりのないジュピターは、その横でフロントにもたれかかった。

「はい、そうです。はい、わたしがワトキンズ地方検事です。そうです、この事件の責任者です……ええ、もちろんです、ミセス・ノース」

熱心に身を乗り出すワトキンズ地方検事の顔を、ジュピターは見つめた。相手の女性がなんと言っているかは聞き取れなかったが、その言葉はワトキンズ地方検事に影響を及ぼしている。

「カートライトですか？　確かにその名前でしたか？　ええ、どれくらい前に？　なるほど、わかりました」ジュピターは、受話器を握っているワトキンズ地方検事の手が震えているのを見たような気がした。「すみませんが、その会話を最初からおしまいまで、繰り返していただけますでしょうか、ミセス・ノース？」

相手の話し声が続き、ワトキンズ地方検事はジュピターの存在に初めて気づくと、こちらを横目で見た。そして短くかぶりを振ると、もとから黙っているジュピターに向かって、静粛に、と片手をあげた。

「なるほど、よくわかりました、ミセス・ノース。ありがとうございました。午後にでも、そちらに伺います。ご協力感謝します。では失礼いたします」

ワトキンズ地方検事は受話器を置くと、興奮の面持ちで言った。「よし、新展開だ。どんな事件にも、こうしたきっかけはあるものだが、思っていたより早かったぞ」

「ノースの奥さんですか?」ジュピターが訊ねた。

「いや、彼の母親だ。ノースの妻はカートライトに電話していたそうだ。奴にかかってきた電話というのはそれだったんだよ」ワトキンズ地方検事は口元を引き締めた。「なんて面の皮の厚い男だ。奴はノースの住まいがあるキャテユニットとここの中間地点で、できるだけ早く彼女と落ち合う約束をしたそうだ」

「それはまたなぜ?」

「彼女と話すためだよ。彼女のほうが電話をして、弁護士としての助言を求めたんだ。じつにうさんくさい話だ。いいかい、ふたりの会話はこんなふうだったそうだ。ノースの妻であるミセス・ノースが『こんにちは、ネルソン。アンだけど』と言い、カートライトのほうは『やあ、アンかい。電話してくれて嬉しいよ。なにかぼくに力になれることでも?』『警察に会う前にあなたと話しがしたいの』『アン、弁護士として雇われないかぎり、きみと話しをすることはできない』するとミセス・ノースはそうしたいのだと言い、カートライトはわかった、どこかで会おうと応じた。彼女はバタムの外れのメインストリート沿いにあるハワード・ジョンソンの店を提案し、カートライトはできるだけすぐに行くと答えたそうだ」

ジュピターはこの報告を聞いて、ちょっと混乱した。

「いまあなたが話しをしていたのは、だれだったんです?」

「ノースの母親だよ。姑がこの会話を聞いていたんだ」

「どうやって?」

「二階で寝ていたら、嫁がホテルに電話しているのが聞こえたので二階の電話で盗み聞きしたのさ」

ジュピターは顔をしかめた。「なぜ?」

「なぜとは、どういう意味だね?」ワトキンズが強い口調で訊いた。

「なぜ、母親は盗み聞きなんか?」

ワトキンズ地方検事は一瞬、肩をいからせたが、ふっと力を抜いた。「わたしにわかるはずがないだろう。だが、そうしてくれてよかったよ。これは本物の新展開だ。ノースの妻は弁護士を雇いたいと考え、カートライトに電話をかけた。ふたりは古い友人同士なのだろう。さっきまでカートライトは、ノースとは十年間会っていなかったと言っていた。これは有力情報だぞ」

「でも、本当のことかもしれませんよ。ライスだって大学時代のミセス・ノースのことを知っていたけれど、ノース当人には十年間会っていなかったんですから」

「いずれにせよ、調べればわかる」そうワトキンズ地方検事は言うと、大股で会議室のほうへ歩き去った。

ジュピターはそのあとを追いかけて、ふと立ち止まった。これは確かに新展開だが、いったいなにを意味しているのだろう? ノースの妻が弁護士を雇いたいと考え、カートライトに電話したというだけのことに思えるが、彼女はなぜ弁護士が必要だと思ったのだろう? そして彼女はハワード・ジョンソンの店でカートライトを待っている……。

「それで思い出したぞ」ジュピターはつぶやいた。「腹ぺこだったんだ」

第八章

サイオセットの標識に『バサムまで十マイル』とあるのを見て、ジュピターはスピードメーターが時速五十マイルになるまでアクセルを踏み込むと、その速度を保った。道路はがら空きだったから、運転を研ぎ澄まされた意識の領域にまかせて、その他の部分で昼食のことを考えていた。この自動操縦は、ナイフで木を少しずつ削っているときだとか、ペンでいたずら書きをしているときなど、比較的、危険の少ない活動時に見られる。そして、いまどきの車は最小の努力で高い性能を発揮するため、考えごとや夢想するにはうってつけの新しい道具になっている。運転中のほうが普段よりはるかに考えごとがはかどることに気づいたジュピターは、その理由と効果を突き止め、保険を倍増してあった。

間に合うように戻ってくるというベティ宛の言伝《ことづて》をホテルのフロントに残し、ジュピターはバサムに向かって出発した。目下の最大の関心事はミセス・ノースに会うことではなく、さっき耳にした電話の話とそこから立てた仮説にほころびが見つかるかどうかだった。第一の問題はもちろん、殺しのあった状況そのものだ。なぜノースは同窓会で殺されたのか、さらにいえば、なぜわざわざゴルフ場で殺されたのか。現在のところ、この問いに対しても、今回の殺人があらかじめ計画されていたものなのかどうかという問いに対する答えも、見つかっていない。だが、これらの答えはいずれ明らかになるだろう。では、殺害方法についてはどうか。ノースは至近距離から撃たれていただけでなく、死の直前に後頭部も殴られている。この最後の問いに対する答えは、ジュピターの仮説のなかにあった。つまり、ノースは気絶させられて十一番ホールのティーグラウンドに連れてこられたのである。彼の車のハンドルから指紋が拭い取られていたというのは、だれかが意識のないノースを彼の車に乗せてゴルフコースまで運んできたからだ。ではなぜ、そんなことをしたのか、これについては見当もつかなかった。

「いまのぼくにはわからないことだらけだ」ジュピターはつぶやいた。

特に、足跡の件や、オニールが騎士道精神を発揮して、昨夜、電話をかけてきた女性の名前を頑として明かそうとしないことがそうだ。では、オニールとマシューズについてはどうだろう。彼らは本当に真夜中にゴルフ場でパットをしていたのだろうか。彼らの話が本当かどうかを確かめるすべはないだろうか。

「いや、方法はある。だからといって、なにかが証明されるわけではないかもしれないが、ホテルに戻ったらやってみよう」

ブラウンはどうか。あの俳優が昨夜は外に出ていないと言ったのは、単にヘンダーソンをからかったのだろうか。

「この点についても確認する方法はある」ジュピターはそう結論づけた。「あまり気は進まないが、ちゃんと効果的な方法が」

それから、ノース自身がホテルを出発したという問題もある。「彼は、自分の車から荷物かなにかを取ってくると言っていた」ウィンストンはそう言った。果たして、ノースは本当に忘れ物を取ってきたかったのだろうか。もしも外で待ち構えていただれかがノースの頭を殴ったのだとしたら、その荷物はいまも彼の車のなかにあるはずだ。

「車からはなにが見つかったのか、パーディに訊いてみよう」

では、もしもそんな荷物が見つからなかったとしたら？　その場合、ノースはだれかと待ち合わせをしていて、荷物はウィンストンのもとを去る口実だったということだ。

「それから例の忌々しい飾り《チャーム》だ」ジュピターはつぶやいた。

あれはなにかを意味しているのか。あの剣は友愛会かなにかの標章だろうか。牡牛だとか豚だとか松明《たいまつ》といった、自分にもああ、あれかとわかるようなものだったらよかったのに。有名なファイ・ベータ・カッパ（成績優秀な大学・卒業生からなる米国最古で最も有名なギリシャ文字クラブ）の鍵のように。

「早いうちにエドがどうして手をけがしたのかについても解明しなくては」

友のことを考えているうちに、気がつくとジュピターは自分がいまどういう状況にあるかを仔細に検討していた。ひとりでさっさと出かけた婚約者に、ベティはホテルに置いていかれたと怒っているだろう。なにしろ、結婚式の前日だ。当然、自分だけでこんなところまで出かけてくるべきではなかったのだろうが、殺人事件を解決しようとあちこち走り回るのは、とても結婚式前日にふさわしい行動として受け入れられるはずがない。彼女がケンブリッジからサイオセットに自らの意思でやって来たのは、なんとしても自分と行動をともにしたかったからではないのか。まずいぞ、やっぱり彼女を置いてくるんじゃなかった。以前どこかで、結婚とは愛の花であり、愛とは自己犠牲の精神であると読んだ。要するに、結婚したらそれまでのようになんでも自分の思い通りにすることはできないが、それによってより深く愛せるようになるというのである。多くを諦めるほど、深く愛するようになる？　まあ、そうなのかもしれない。たぶん、自分はベティを置いてくるべきではなかったのだろうが、今日は式の前日であり、結婚式は明日なのだ。

　このようにかすかな後悔を抱えながら、彼はハワード・ジョンソンのアイスクリーム店に行くため、バサムへの出口に向けてハンドルを切った。店の前には何台もの車が止まっており、客のなかからミセス・ノースを見つけられるだろうかと心配になった。だがちょっと考えただけで、それは大して難しいことではないと確信した。もしも彼女がこの店にいるなら、ドアが見える場所にひとりで座っているはずだからだ。

　ジュピターは店内に入るとカウンターに腰を下ろした。こうしたのは、第一に腹が減っていたからだが、彼女に話しかけるか否か心を決めかねているせいもあった。彼は自分の左側のほうのブースに目を走らせ、コーヒーを前にドアのほうを向いて座っているミセス・ノースを二番目のブースに発見した。

　彼女がミセス・ノースであるのは疑いようがなかった。顔には疲労の跡があり、テーブルをコツコツ叩いている指先は緊張している心の内を表している。薄手のツイードの上着に茶色の帽子という格好で、髪は乱れており、化粧は朝したきりらしく、わずかに口紅の痕跡が残っているだけだ。どれをとっても、自分の見立てが正しいことが確信できた。外見を整えずに人前でひとりで昼食をとろうなどと考える女性はまずいないからだ。

　ジュピターはトマト&ベーコンサンドイッチ、ホットドッグ、コップ入りの牛乳を注文すると、再びミセス・ノースを振り返った。彼女はかなり小柄なほうで、エドから聞いた話から判断して、年齢は二十八から三十くらいのはずだ。それよりはやや老けて見えたが、いまの状況を考えれば無理もない。目下の彼女は、ひどく寂しそうで、怯えており、確かに魅力的だった。こんなふうに感じる自分が少し意外だったが、きっと彼女の体形のせいだろうと結論づけた。つまり、彼女は思っていたよりはるかに小柄で、若いころの日焼けのせいで、病的なほど繊細そうに見えた。十年前の姿を知っているエドは、彼女のことを「人気者だった」と言った。しかし、いまの彼女を見ていると、エドの表現は不正確だと思った。「人気者」という言葉は、活発さを連想させるが、いまのミセス・ノースには活発さのかけらさえ感じられなかった。

彼女が顔を上げたのに気づき、ジュピターは不自然なほど慌てて顔を背けた。尾行を仕事にするつもりなら、もう少し訓練を積まなければと考えながら、スツールを回転させて外を眺めた。一台の車が止まり、男が車から出てくるのを見て、彼は息を呑んだ。その男がハーラン・ブラウンだったからだ。

すべては一瞬の出来事だった。ブラウンは店に入りかけ、肩越しに振り返るとぎょっとした様子でさっと頭を低くした。頭をひねって駐車場のほうを向かないようにしたまま、急いで車に戻り乗り込んだ。ブラウンの車がバックで出ていくのと同時に別の車がやってきて、ジュピターはそのフロントシートにワトキンズ地方検事、カートライト、モース警部の姿を認めた。

反射的にジュピターは自分の席から立ち上がった。そして、自分がなにをするつもりなのかもよくわからないまま、ミセス・ノースのテーブルの横に行った。彼女はこちらを見上げ、目を大きく見開いている。

「怖がらずに、よく聞いてください」彼は言った。「カートライトが警察と一緒にやってきました。いま、店の前にいます。もしもなにか聞かれたら、弁護士に会いたかったからカートライトに電話したのだと言ってください。大丈夫ですよ。ただ、そう答えるのです」

ジュピターは隣のブースに移動すると、背中をドアに向けて腰を下ろした。次の瞬間、彼は背後でワトキンズ地方検事が「ミセス・ノースですか?」と言うのを聞いた。彼女が「そうです」と答えると、ワトキンズ地方検事は自己紹介をしている。

ジュピターが固唾を呑んでいると、彼女はしばらくして静かにこう言った。「きっと、ミスター・カートライトに電話したことをお聞きになったんでしょうね。わたし、弁護士に会っておくべきだと思ったものですから」

やってしまった、そうジュピターは思った。これでもう知らんふりはできない。自分から事件に巻き込まれてしまったのだ。

第九章

さっきのウェイトレスに「サンドイッチはこちらのテーブルにお持ちしましょうか」と、声をかけられ、ジュピターはぎょっとした。

「いや、結構。持ち帰るので包んでもらえるかな」

「かしこまりました」ウェイトレスは言った。

ミセス・ノースとワトキンズ地方検事はすでに立ち去っていた。その場に残されたジュピターは、なぜあんな行動をとってしまったのだろうと自問していた。じっとしていられず、思わずミセス・ノースに話しかけてしまった。つまり、彼女を助けるための衝動的行動というわけだが、なにから助けるというのだ？　彼女の夫を殺した犯人を捕まえようとしているワトキンズから？　もし、そういう理由からああいう行動をとったのだしたら、自分は彼女が犯人であるか、少なくとも、なにか隠しごとをしていると信じているということになる。しかも、あんなことをしたせいで自分は彼女の隠しごとの片棒を担いだのだ。それに、ブラウンはなんだったのだろう？　なぜ彼はミセス・ノースを探していたのか、そしてどうやって彼女がここにいると知ったのか。

ジュピターは立ち上がり、カウンターで支払いを済ませると、サンドイッチの包みを持って自分の車へ行った。

「状況は刻一刻と変化している」彼は思った。「いったん関わってしまった以上、途中で放りだすわけにはいかない」

捜査に関わり続けるための最良の策は、ワトキンズのあとを追うことだった。ワトキンズ地方検事はミセス・ノースを自宅まで送ると言っていた。いまやるべきは彼らを追い、再び調査に加わることだ。ワトキンズ地方検事に姿を見られなかったのは幸運だった。

「いや、幸運なんてもんじゃないぞ」ジュピターはそう繰り返すと、キャテュニットを目指して車を走らせた。

ジュピターは片手で運転をし、もう一方の手で食事をした。トマトサンドイッチは美味しかったがすこぶる食べにくく、運転しながら食べるにはホットドッグのほうが適していることに気がついた。また、ワトキンズ地方検事に追いついて、ノース夫妻の住まいを尋ねる手間を省こうと、普段以上にスピードを出した。

さっきまでは本当に空腹だったが、食事をとったおかげでだいぶ元気が出てきた。自分を客観視して、笑い飛ばせるほどに。

「偉大なるジョーンズ探偵」彼はくっくっと笑った。「手弁当を持って、再び出発だ」

キャテュニットまであと二マイルのところでモースの車を発見する頃には、辺りはだいぶ暖かくなっていた。ジョーンズは相手の百ヤードほど後方を維持しながら、前を走る車でなにか会話が交わされているとすれば、どんなものになるだろうと考えた。ワトキンズにとって最大の目的は、なぜミセス・ノースが弁護士を必要と考えたかを突き止めることであるはずだ。だがもし、カートライトがすでに弁護士としての役割を引き受けているとすれば、彼の介入によってミセス・ノースが望まない質問に対しては答えを得られないだろう。この状況がいつまで続くものか、ジュピターにはわからなかった。おそらくは、ミセス・ノースがこの事件で重要な役割を果たしたとワトキンズ地方検事が証明できるまでだろう。それはつまり、彼女の有罪を示す動かぬ証拠が手に入ることを意味する。たとえば、ミセス・ノースの靴がゴルフ場の例の足跡と合致するというような。

「まあ、いずれわかることだ。焦らなくても、いずれわかる」ジョーンズは自分に言い聞かせた。

前方の車が高速道路から下りたのを見て、ジュピターもそのあとに続いた。側道は海岸線に続いており、彼らは今シーズンの営業を始めている避暑地の前を一マイルほど走った。庭師たちが花壇の手入れをしており、あちらこちらで芝刈り機が稼動している。細長く広がったビーチには大勢の人々が、おなじみの、しかし海辺にいる人たちだけしかやらないさまざまな活動を行っていた。どうやらキャテュニットの午後は、そこで暮らす住民のひとりが殺されたことぐらいではまるで影響を受けないらしい。それはきっと、彼らが事件そのものを知らないせいだろう。この殺人であまりに頭がいっぱいだったため、まだこのニュースが伝わるのにじゅうぶんな時間が経過していないのだという事実をすっかり忘れていた。普通の人間にありがちな思い込みだ。つまり、世界の中心は太陽であって、我々ではないのだということを、折に触れて思い出さなければならないのである。

モース警部が砂利敷きの私道に車を入れた。それは海岸線から離れ、丘の上に立つ切妻作りの大きな灰色の家へと続いているが、ジュピターはその家の野暮ったさに顔をしかめた。あまりにも夏用の別荘らしくない建物でありながら、ありきたりの方法で裕福であることがほのめかされており、それでいて由緒ある邸宅であれば当然、備わっているべき風格が欠けている。おそらく、未来の世代は自分の先祖が長期休暇の時ですら、想像力に欠け、くそがつくほど真面目であったことに驚きを禁じえないだろう。

その私道は家の前の小さな円形のスペースで終わっていた。そこはもともと馬車置き場で、砂利敷きの道はきれいに雑草が取ってあり、定期的な掃除の成果があらわれていることから、ノース家の人間はだれひとりとして自家用車のためにもっと使い勝手をよくすることで、その歴史的建造物に公然と反抗しようとはしなかったらしい。自分だったら、十年間このカントリーハウススタイルの私道に出入りする際、どれくらい芝生を突っ切らずにいられただろう。

ジュピターはモース警部の車のうしろに駐車すると、目の前にそびえたつ不恰好な邸宅を見上げた。そうやってこの家の趣味の悪さに感心しているとき、彼は前方の車に乗っていた人々が車から出てきて、自分をじっと見つめていることに気がついた。

ジュピターは彼らを見つめ返しながら、こちらを認識したらしいミセス・ノースの表情が一瞬で元通りになったのでほっとした。ワトキンズ地方検事が他の者たちになにか言うと、とうとうこちらにやってきた。

「ぼくも参上しました」と、ジュピター。

「そのようだな。申し訳ないんだが、ミスター・ジョーンズ。こんなふうにつきまとわれては困るんだよ。これは殺人事件の捜査であり、ノース家の方が素人に自宅を荒らされるのを許してくれるはずはないのでね」

「ぼくをあなたの補佐役として紹介してください」

ワトキンズ地方検事の表情は変わらない。

「ところで、ノースの車のなかに、彼が取りに行こうとしていた荷物があるかどうか確認されましたか？　昨夜、ブラウンが気分が悪くて外に出たというのが本当かどうかは確認されましたか？　あと……」

「あたりまえじゃないか」ワトキンズがうんざりしたように言った。しかし、ジュピターは彼がこのいずれにも思い至ってなかったことを確信した。

「次から次へと、いろんなことを思いついてしまうんです」ジュピターは言った。

「わかったよ」ワトキンズ地方検事は気乗りしない様子でいった。「わざわざここまで来たんだ。きみも一緒に来たまえ。だが、どうか静かにしていてくれよ」

車から降りたジュピターを、ワトキンズ地方検事がミセス・ノースに紹介した。

「ミセス・ノース、こちらはミスター・ジョーンズです。彼は、その、わたしの助手でして」

ジュピターが軽く会釈すると、ミセス・ノースはにこりともせずに紹介の言葉を受け止めた。ほとんど表情を変えないが、彼女が抱いているであろう不信感が手に取るようにわかった。地方検事の到着に合わせて、容疑者にこっそり対処法を教える助手なんていうのは、普通いるはずがないからだ。

カートライトは守るように彼女の片腕をとり、ふたり揃って家に入っていった。彼女は、じめじめしていて大きな、寄せ集めのような家具が置かれた居間に一同を案内した。籐椅子がビクトリア朝時代のテーブルの脇に置かれ、重量感のある東洋の敷物がござと並べて敷かれており、壁にはヴェニスの運河を描いた水彩画、そしてヨットに乗るノースの過去や現在の写真が飾られている。快活さが育まれる類の部屋ではない。なぜなら、さまざまな装飾品があるにもかかわらず、部屋が診察室かなにかのようにきちんとしているからだ。

ワトキンズ地方検事は言った。「ミセス・ノース、ご存知のように、あなたはわたしの質問に答える前にミスター・カートライトとご自由に相談していただいて構いません。ただそうすることによって、あなたのその後の証言は、そのような会話が行われたという事実に照らして考慮されるということを、いま一度申し上げておきます」

「そんなことは重々承知です」カートライトがいらただしげに言った。「アン、話しができるような別の部屋はあるかい?」

彼女は頷き、ふたりは部屋から出ていった。モース警部も「例の車について、なにかわかることがあるか調べてきます」と言うと、ふたりに続いて廊下に出ていった。

ジュピターはグランドピアノの上にまとめて飾られている家族写真を見つめた。ヨット帽を被り、パイプ煙草をくわえて、風向きや天候で頭がいっぱいという雰囲気のノースの写真がある。ノースは自信家タイプに見えたが、たった一枚の写真から、これ以上、彼の性格について勝手な先入観を持つのはよくない気がした。ミセス・ノースも写っている家族写真はなかったが、彼女によく似た魅力的な少女の写真館で撮ったものらしいポートレートがあったので、ジュピターはそれを楽しく鑑賞した。自分自身の写真を除けば、美少女ほどカメラの被写体にふさわしいものはない。こういう嗜好は結婚後は変わるものなのだろうか。さらに、この少女は近々登場することになるのだろうか。

「あのカートライトという若造は面倒だな」こちらに話しかけているというより、独りごとのようにワトキンズ地方検事は言った。

「どうしてです?」ジュピターが訊ねた。

「もしも、奴があのニューヨークで極度の緊張のもとでの調査活動云々という話しでうまくごまかせると思っているのなら大間違いだ」

いまのところ、カートライトの言動はしごくまっとうに見えると指摘するのはやめておこう。「なぜ弁護士なんか必要だと思ったのか、彼女にはもう、とっくに訊ねたんでしょうね？」

「彼女にはまだなんの質問もしていない。カートライトが彼女を独占して、なにも言えないように怖がらせてしまったんだ」

「ホテルを出発する前、彼はなんと言っていたのですか？」

「特になにも。ああ、以前、ミセス・ノースと婚約していたことがあるのだそうだ。だが、ノースには十年間、会っていなかったと主張している」

「ミセス・ノースとはどうなんです？」

「彼女とも会っていなかったと言っている。彼女とは大学時代に知り合い、彼女が電話をしてきたのは自分が弁護士になったことを知っており、同窓会に出席しているのではないかと考えたからなのだそうだ」

それはありうることだが、真実かどうかは定かではない。

「彼女が夫を殺したのだと思いますか？」

「彼女は夫の死に打ちひしがれているというわけでもなさそうだ」

ジュピターもそれは感じていて、自分なりの説を展開した。「このような出来事に対するショック状態はしばらく続くんじゃないでしょうか。その場合、すぐには夫の死を実感できないのでは」

「きみは心理学者でもあるのかい？」ワトキンズ地方検事は、やや愉快そうに言った。

「そんなところです。しかし、ノース家に訃報を伝えた医師はどうですか？　医師なら、知らせを聞いて彼女が驚いていたのかどうかわかるんじゃないでしょうか」

「医師には、今日の午後、このあとホテルで会うことになっている」ワトキンズ地方検事は言った。その口調は、それくらい自分で思いつくと告げていたので、ジュピターはそれ以上、なにも言わなかった。

ジュピターは再び、ブラウンはなぜジョンソンの店にやってきたのか、そして、ミセス・ノースとカートライトが戻ってきたとき、そのことについてふたりに教えるべきかどうかを考えた。ふたりの相談が思いのほか短かったことには、なにか意味があるのかもしれないし、ないのかもしれない。重要なのは、ミセス・ノースがカートライトと直接会って話さなければならないと考えたということだ。

ミセス・ノースは籐椅子のひとつに浅く腰掛け、その表情から試練に立ち向かう心の準備ができていることが見て取れた。

「このように質問をさせていただくことをお詫びします、ミセス・ノース」

ワトキンズ地方検事の口調は優しげで、どうやらこれまでの会見はなかったことにすると決めたようだった。

「こんなときにお煩わせするのはまことに心苦しいのですが、いまのところお訊きしなければならないことはわずかですので」

「はい、わかりました」彼女は静かに言った。

「まずはじめに、あなたのご主人を殺したいと思うような人間やその動機について心当たりはありますか?」

「いいえ、まったくありません」

「しかし、あなたは弁護士と話しがしたかったからミスター・カートライトに電話したとおっしゃる。

なぜ、そう思ったのです？」

彼女は、さっとこちらを見上げた。そしてジュピターは、部屋に戻ってきてからずっと、カートライトが自分をうさんくさそうに見つめていることに気づいていた。なるほど、彼女はぼくのことをカートライトに話したらしい。

「彼にどうしてもらいたいと思っていたかは、自分でもわかりません。あの……わたし……夫の身に起こったことについて詳しいことはなにも聞いていなかったので、それについて知っている人と話したかったんです」

この答えは、カートライトなら苦もなく思いつくだろう。

「それで、ミスター・カートライトとどこかで会ったほうがいいと考えたのですか？」

「それはわたしが言い出したことです」カートライトが遮った。「率直に言って、わたしはこの事件の弁護人になるつもりはありませんでした」

「そうだったなら」ワトキンズ地方検事が考えこむように言った。「わざわざ、ミセス・ノースとふたりきりで会おうとしたというのが驚きですな」

「おっしゃる通りです」カートライトは同意した。「しかし、ミセス・ノースがわたしに電話をしてきたことは覚えておいででしょう。わたしは彼女に、弁護士として雇いたいというのでなければ話しをすることはできないと言いましたが、彼女がそれでいいと言ったので、会うことにしたのです。弁護人を務めるとなれば、彼女の利益を守るためにあらゆる努力を払うのがわたしの仕事です。たったいま話しをしてみて、彼女が望んでいたのは夫の死についての詳しい情報であり、わたしはなにもわざわざ彼女とふたりきりで会わなくてもよかったのだと気づきました」

ワトキンズ地方検事はその回答の意味をひとしきり考えてから、こう言った。「ミセス・ノースご自身で、そう説明していただくわけにはいかなかったのでしょうか?」

「ええ」と、カートライト。「わたしと話をするまで質問には答えないようにと彼女に指示してありましたから」

デューイ地方検事の特別捜査には手のこんだ策略がつきものだったと聞いたことがあるが、カートライトにその仕事は適任だっただろう。

「まあ、それはひとまず置いておきましょう」と、ワトキンズ地方検事。「ご主人と最後に会ったのはいつですか、ミセス・ノース?」

「昨日の朝です。主人は十時ごろサイオセットに出かけました」

「そのときご主人は、その、機嫌はよかったですか?」

おっと、ワトキンズが本気で質問するときは、ちゃんと核心を突いてくる。

「はい」

「ご主人はその夜、ホテルに泊まる予定でしたか?」

「はい、わずか二十マイルほどの距離ですけど、主人はお酒を飲むつもりでしたし、そのあとで自宅まで運転する危険は冒さないことにしたのです」

「なるほど。あなたは一晩中、ご在宅でしたか? ミセス・ノース」

「はい、わたしは十時ごろ休みました」

「結構ですな」ワトキンズは天井を見つめてから、封筒を出し、なかから飾り《チャーム》を取り出した。「これがなにかわかりますか、ミセス・ノース?」

身を乗り出してワトキンズ地方検事が差し出しているものを見つめてから、彼女は言った。「いいえ、一度も見たことがありません」

「ありがとうございました」ワトキンズ地方検事はそう言うと、無言で飾《チャーム》りを封筒に戻した。思った通り、ワトキンズは演技派だ。「ミスター・ノースのお母上がおいでだと思いますが、お会いできるでしょうか？」

「ええ。二階で横になっていると思いますが、呼んできましょうか？」

「お願いします」ワトキンズ地方検事はミセス・ノースが立ち上がるのを待って、おもむろに言った。「義理のお母上とはうまくいっているんでしょうな、ミセス・ノース？」

ドアへ向かっていた彼女は不意に立ち止まると、それまでよりもいっそう蒼白な顔で振り返った。

「本当に」カートライトがすぐさま口を挟んだ。「こんな質問が必要なのですか？」

「そう考えています。ミスター・カートライト、わたしはこの家の内情がどのようなものであったかを見極めようとしているのです」

「義母とはうまくいっていると思いますわ」

「お母上はいつもあなたの電話を盗み聞きなさるのですか？」

彼女は唇を噛んだ。「わかりませんわ」だが、なんの声も洩らさず、あるいは表情を変えることもなく、彼女は泣いていた。

ジュピターはワトキンズ地方検事にパンチをくらわせてやりたくなった。それは少し前に彼女に対して感じたのと同じ庇護本能であり、地方検事は多かれ少なかれ職務を遂行しているに過ぎないと理解してはいたが、それでも怒りは収まらなかった。カートライトはミセス・ノースを戸口まで送り、ワトキンズ地方検事を睨みながら戻ってきた。

「悪かった」ワトキンズ地方検事は言い、それが言葉だけではないことは彼の表情に表われていた。

「当然です」カートライトはそうとだけ言った。

モース警部が帰ってきた。ワトキンズ地方検事は話題を変えるチャンスを得てこれ幸いと、警部を隅のほうへ連れていった。カートライトは煙草の箱を引っ張り出すと、ジュピターに差し出した。

「ありがとう」ジュピターは言って、一本抜いた。

カートライトはマッチを点けると言った。「今回、きみがどういう立場なのかよくわからないんだ、ジョーンズ」

「自分でもわからない」

カートライトは隅にいる二人を肩で示した。「連中に協力しているのか?」

「ある意味では」

もったいぶっているわけではなかった。じきに、立場をはっきりさせなければならないとわかっていたが、目下のところ、自分でもどうしたいのかわからなかったのだ。

「ここからホテルに戻るときに、車に乗せていってもらえるかな」カートライトが言った。

「喜んで」と、ジュピター。

「ごきげんよう、みなさん」

男たちがいっせいに振り返ると、戸口のところにいる姑のミセス・ノースを見た。彼女の口調は穏やかだったが、その冷ややかで威厳に満ちた声は生来の育ちのよさゆえに、やむをえずこのような面談に応じているのだということをはっきりと示していた。

ワトキンズ地方検事が自己紹介をするために前に進みでたのを見て、ジュピターは思わず灰皿に手を伸ばして煙草をもみ消した。この無意識の反応には自分でもやや驚いたが、カートライトも同じことをしている。この反応は、場を支配するミセス・ノースの能力に対する敬意の表れだった。彼女は背筋を伸ばして椅子に歩いてゆくと、もごもごと自己紹介を続けているワトキンズ地方検事をよそに腰を下ろした。

「お手間は取らせません、ミセス・ノース。いくつか質問をさせていただくだけです」ワトキンズ地方検事は決まり悪そうに咳払いをしている。「まず初めに、今回のことがなぜ起きたのか、なにか思い当たることはありますか?」

「どういう意味です?」

「あなたの息子さんを殺す理由がありそうな人物に心当たりはありますか?」

「あるはずがありません」彼女はそれが途方もない考えであるかのように一蹴した。

「最近、息子さんが動揺したり、心配したりということはありませんでしたか?」

「もちろんありません。もしそんなことがあれば、わたくしが気づかないはずがありませんから」

そうでしょうとも、ジュピターはひとりごちた。あなたなら気づくでしょう。

「では、息子さんの死によって金銭的利益を受けるような人物に心当たりはないでしょうか?」

ミセス・ノースの表情は、長期的富裕層の多くが持つ、自らの財政的事柄に関心を示す第三者への不快感をあらわにしていた。

「シャーマンのお金は信託財産になっています。当然ながら、それはわたくしの孫のものになります」

「ははあ、なるほど」ワトキンズ地方検事が頷く。ジュピターは彼に同情した。殺人事件において被害者の身内に話を訊くのはとても気を使うが、ミセス・ノースはそのことをまるで理解していないか、さもなくば、だれであれ自分の息子を殺す理由があったとは認めたくないようだ。

「お宅には使用人とお嫁さんのほかには、どなたもいらっしゃいませんね？」

「ええ。もちろん、孫はおりますが」

「そうですね。ところで、あなたにほかにお子さんはいらっしゃらないのですか？」

「ええ」彼女の顔がかすかに歪んだ。

ワトキンズ地方検事が慌てて続けた。「ということは、昨夜この家にいたのはあなたとお嫁さんだけだったわけですね？」

「そうです。嫁の妹が夕食に来ていましたが、九時頃には町に帰りましたから」

それまでも注意深く話に耳を傾けていたジュピターは、さらに集中して耳を澄ました。

ワトキンズ地方検事が言った。「ボストンへ帰られたということですね、ミセス・ノース」

「むろんそうです」彼女は眉を吊り上げた。「あの子は、そこでアパート暮らしをしていますから」

「そして妹さんはここを九時に発ったと」

「ミスター・ワトキンズ、わたくしはあの子が帰った正確な時刻を覚えているわけではありません。でも、だいたい九時頃だったと思います」

「妹さんも、その……今回の悲劇のことはすでにご存知ですか？」

「もちろんです。ドクター・フーパーがいらしたあと、すぐに嫁が電話していましたから」

ワトキンズは片手で側頭部を梳くと、敷物に沿って一、二歩進んだ。「ところでミセス・ノース、ご連絡くださる前に耳に挟んだという電話の会話のことなんですが、なぜあなたはその会話を盗み聞きしようと思われたのですか？」

「それは」彼女は言いかけて、言葉を止めた。「お言葉ですが、わたくしはあれを盗み聞きだとは思いません。アンがサイオセットのホテルに電話しようとしているのが聞こえたので、嫁に二階に来てもらって説明させる手間を省くために受話器を取ったのです」

「ごもっともです。なぜお嫁さんがホテルへ電話しているのか見当はつきましたか？」

「いいえ」

「電話口でなにか言って、あなたも電話に出ていることを知らせましたか？」

「いいえ、そんな、わたくしは……」彼女は再び口ごもり、両頬にはかすかに赤みが差した。「本当に、なぜあんなことをしたか、自分でもわからないのです。ミスター・ワトキンズ、今回の……今回のことすべてがあまりにもショックで」

「お気持ちはよくわかります、ミセス・ノース」ワトキンズ地方検事は穏やかに言った。「家を出る前にお嫁さんは二階へいらっしゃいましたか？」

「いいえ、嫁は電話をかけたあと、すぐに出かけて行きました」

「では、なぜあなたはホテルにいるわたしに電話をされたのですか？」

「それは……いえ、本当に自分がなにを考えていたのかわかりません……わたくしは気が動転しておりましたし、アンがどこかの男と会う約束をするなんてあまりにも奇妙に思えて……とにかく、わかりませんわ」

ミセス・ノースはなんとか気持ちを立て直そうとしていた。嫁のほうのミセス・ノースとすでに話しをしていたワトキンズ地方検事は、相手の説明を黙って聞いていた。

「お気持ちは理解できるつもりです。最後にもうひとつ、いささかぶしつけですが、必要なことですので質問させていただきます。息子さんご夫婦は幸せな結婚生活を送っていましたか？　これまでになにか問題はありませんでしたか？」

その質問は、どうやら先のお金に関する質問ほど不快ではなかったらしく、彼女はすぐに答えた。

「いいえ、問題など一切ありません。シャーマンは嫁一筋でしたし、嫁のほうも……わたくしの知る限り息子に尽くしていました」

「ありがとうございました」ワトキンズ地方検事がきびきびと言った。「お手間を取らせて申し訳ありませんでした」

彼女はさっと立ち上がり、みなをドアに案内するそぶりを見せた。

「さしつかえなければ」と、ワトキンズ地方検事。「使用人にいくつか手続き上の質問をさせていただきたいのです。しかし、これ以上あなたを煩わせはいたしません」

彼女は部屋から出てゆき、ワトキンズ地方検事はパイプを取り出した。「やれやれ、とりあえず終了だ」彼はだれにともなくそう言った。この面会が終わって彼が安堵していることは、滑稽なほど明らかだった。

ジュピターとカートライトはともに煙草に火を点け、モース警部はなんらかの任務を遂行するために廊下へと姿を消した。

ここに来てからというもの、アン・ノースとふたりきりで会う機会が作れないだろうかと考えていたジュピターは、ふとそれに成功しそうな方法を思いついた。「ゴルフ場の足跡と比較するために、ミセス・ノースの靴を借りるおつもりですよね」ジュピターはワトキンズ地方検事に言った。

「そのほうがいいだろうな」

「借りてきましょうか？　ぼくもここにいる以上はなにかの役に立たないと」

「あとで使用人に持ってこさせるよ」パイプに気をとられつつ、ワトキンズ地方検事はそう言った。

「それではいささか甘いんじゃありませんか」

ワトキンズ地方検事はマッチを吹き消すと、くるりとジュピターのほうに向き直った。「そうまで言うなら、いいだろう。きみが借りてきたまえ」

廊下に出たジュピターは、ひょっとしたらワトキンズは「甘い」という自分の言葉を取り違えたのかもしれないと思い至った。自分はあくまでも使用人にミセス・ノースのものではない靴を持ってくるチャンスを与えるのは甘いと言ったのだが、ワトキンズはそもそも自分を信用していなかったのかもしれない。

「こんなふうに思うのは、ぼくにやましいところがあるからだ」ジュピターはそうつぶやくと、階段を上っていった。二階の廊下の両側にはドアが並んでおり、そのうち二つが開けっ放しになっている。ジュピターがその片方を覗くと、そこは部屋の隅におもちゃが山と積まれている子供部屋だった。そして、もうひとつの部屋にはシングルベッドがあり、アン・ノースが開け放した窓のそばの椅子に腰掛けていた。ジュピターが軽く壁をトントンと叩くと、彼女は驚いた様子もなくこちらを振り返った。

「なんでしょう？」

「ミスター・ワトキンズが、あなたの靴を一足お借りしたいとのことです」彼女が怪訝な顔をするのを見て、ジュピターは説明した。「あなたが昨夜、ゴルフ場にいなかったことを確認するためです」

「部屋に入ってくださらない?」無理からぬことながら、依然として困惑した様子で彼女は小声で言った。「わたしにはよくわからないの。なぜあなたが……」

彼女が言葉に詰まったのを受けて、ジュピターは言った。「たとえそのわけがぼくにわかっていたとしても、説明している時間がありません。レストランで声をかけたのは、あなたが寂しそうで、なんの罪もないように見えたからです。ぼく自身もなぜあんなことをしたのか、いまでもよくわかりません」

「でも、あなたは警察の方でしょう?」

ジュピターはかぶりを振った。「それも説明すると長くなります。現時点で言えることは、ぼくがあなたのご主人を殺した犯人を突き止めようとしていることです。そして、実際に突き止められたら、それについてどうするのか決めなければなりません。さあ、あなたの靴を貸してください。ハイヒールの靴です」

彼女はクローゼットに歩いてゆくと、適当に一足選びだした。そして、それを差し出しながら言った。「あなたが本当のことを言っていると信じるわ。あのときはありがとう」

明日には結婚する身ではあったがジュピターも男であり、すっかり嬉しくなった。「いつも周囲が勝手にあなたを助けようとするのですか?」

「それについてはよくわからないの」

ジュピターは靴を受け取った。「あなたは昨夜、ゴルフ場にはいませんでしたね?」

「ええ、いません。でも……」彼女は話をやめると、顔を背けた。「その靴を使えばはっきりすることだわ」

「どうやって?」

さっと振り返った彼女の顔は怯えていた。「どうやってって、それを調べる方法があるから靴を持っていくのでしょう?」

「ええ、それはまあ」なぜ自分は、彼女を出し抜くような真似をしてしまうのだろう。これで彼女がどうやって例の足跡のことを知ったか突き止めなくてはならなくなった。「カートライトに聞いたのですか?」

「なにを聞いたと?」警戒心をにじませる彼女を見て、ジュピターは自分が恥ずかしくなった。

「よく聞いて、アン。ぼくはひょんなことからこの事件に関わることになり、いまさらこの状況から抜け出せるか否かは、自分でもわからない。だけど、きみに助けが必要なときはぼくがいるということを知っていて欲しい」

彼女は答えなかった。ジュピターが部屋から出ていこうとしたとき、背後でパタパタという足音がしたかと思うと、濡れた水着姿の小さな男の子が戸口で立ち止まった。

「あっ」

「いらっしゃい、坊や」彼女が優しく言うと、男の子は恥ずかしそうに入ってきた。彼女は男の子の頭越しにジュピターを見つめて言った。「わたしなら大丈夫です。どうもありがとう」

「どういたしまして」ジュピターはそう言うと、部屋から出た。

一階で彼はワトキンズに靴を手渡した。「借りてきました」そして自分に向かって、心のなかでこう言った。さてと、いまや頼れるのは自分だけだ。

第十章

「もしも、ぼくが明日結婚する身だったら」カートライトが言った。「きっと緊張のあまり、ほかになにも考えられないだろうな」

「そんなことないさ。ここまできてしまったら、なにか別に考えることがあるほうがありがたいよ。とはいえ、明日の朝には緊張しているだろうな」

「ぼくなら、現時点でじゅうぶん緊張しているよ」

彼らはすでにノース家を出ており、ワトキンズ地方検事はジュピターの車に乗せてもらってホテルに帰るというカートライトの申し出を歓迎した。モース警部と事件についてふたりだけで話せることになってちょうどよかったのだろう。これまでのところ、カートライトはジュピターがなぜ今回の件に関わることになったのかを再び訊ねたほかは、殺人に触れていなかった。自分のほうでもカートライトに二、三、訊きたいことがあったジュピターは、ライスから電話があったことや、純粋にアマチュア探偵としての犯罪への興味について説明するに留めた。

「きみは、ライスの身の潔白が証明されても、探偵活動を続けるつもりなのかい?」カートライトが訊ねた。

「それは状況による」

「たとえば、どんな?」

「まず第一に」ジュピターは横目でカートライトを見ながら、説明を始めた。「なぜきみが、ぼくの車で帰りたがったのか、とか」

カートライトはにやりとした。「お互い、腹を割って話したほうがよさそうだな」

「そのほうが時間の節約になる」

「我々が車でやってきたとき、ジョンソンの店にいたきみに話しかけられたとアンから聞いた。その理由が知りたくてね」

「さっき、彼女の部屋へ行ったとき、ぼくがあんなことをしたのは彼女が寂しそうで、なんの罪もなさそうに見えたからだと話した。実際、その言葉に嘘はない」

「おやおや」カートライトはそうつぶやくと、おもむろに笑いだした。「それじゃあ、ぼくが喜んで彼女に会おうとしたことや、ワトキンズをできるかぎり遠ざけていたのと同じ理由じゃないか」

ジュピターはサイオセットに戻る州道に入り、無事、道に合流すると言った。「きみは彼女に十年も会っていなかったんじゃなかったのかい」

「ああ、そうだ。夫婦どちらにもね。だが、大学時代は彼女とちょくちょく会っていたんだ。彼女は、なんというか、殺人事件の捜査で警察から小突きまわされるなんて目には遭わせたくないタイプの女性なんだよ……実際、犯人なのかそうでないのかには関係なくね」

「きみは、彼女が犯人の可能性もあると思うのかい?」

「彼女が夫を射殺していないことは絶対に確かだ」

「だが、彼女が犯人を知っている可能性はあると?」

「いや、それもないと思う」カートライトはちょっと考え込むと、吐き捨てるように言った。「あの婆さんに、電話を盗み聞きされているんじゃないかと思ったよ」

ジュピターはカートライトによるミセス・ノース評が、自分の考えていたのとほぼ同じだったことを知って嬉しかった。「大学時代のノースはどんな奴だった?」

「まあ、普通だな」

「母親のようではなかった?」

「多少はそうだったかもしれない。人間、年齢を重ねるとどうなってゆくかはわからないものだ」

「確かに」

「その当時に、やつが将来どんな男になるかに強い関心を持って検討していたらわかったのかもな。だが、ノースというのはよくいる空気みたいな男だったんだ。いつだって近くにいて、一緒に酒を飲むと楽しい奴なんだよ」

「なるほど」ジュピターは次第にカートライトが好きになってきていた。品行方正なハーバード大卒の弁護士に特有の堅苦しさが、清々しいほどに欠落している。「きみも、今回のことには動機らしきものがどこにも見当たらないことに気づいているんだろうね」

「確かに、まるで動機がないように見える」

「もちろん、我々はまだ家庭外でのノースの生活がどんなものだったかを知らない。クラスレポートを見て、彼が不動産管理に関係した仕事だったと知っているだけだ。彼がだれかに詐欺まがいのことをしていたということはないだろうね?」

「可能性はある」カートライトが言った。

「あるいは、女の尻を追いかけていたとか」

「それについても可能性はあるだろう。だが、シャームにそんな甲斐性があったかどうかは疑問だ」

こんな話をしていても、なぜハーラン・ブラウンが例のレストランの戸口付近に潜んでいたかという問題について話し合う糸口にはなりそうもなかった。ジュピターはカートライトがブラウンについてなにか言いだすのを待っていた。実際のところ、カートライトが自分とふたりきりで話をしたがった理由はブラウンに違いないと思っていたのだ。それ以外には考えられない。なぜなら、どれだけ考えても、アン・ノースがあのタイミングでレストランに来るのをブラウンが知りえた方法はひとつ。つまり、カートライトから聞く以外にはないのだ。

ふたりは無言のままドライブを続けた。ジュピターは会話のなかでさりげなくブラウンの名前を持ち出す方法はないかと考えたが、結局、それはやめにした。なんらかの答えを得ようと思うなら、率直に聞くしかない。

「ブラウンはなぜ、ジョンソンの店でミセス・ノースを探していたんだい？」

人の感情は表情に出ると固く信じているジュピターは、そう訊ねながらカートライトの顔を見つめたが、その反応に落胆した。カートライトはにっこり笑ったのだ。

「あいつが店に到着していたかどうか気になっていたんだよ。アンは会わなかったといっていたからね。なにがあったんだい？」

ジュピターが言った。「どうやら、きみはこの質問を待っていたようだな」

「ブラウンはどうしたんだろうと気になっていたのさ。ぼくがホテルに足止めされた場合に備えて、彼を先に行かせたんだ」

「どうして?」

カートライトはかぶりを振った。「きみに追われる身にはなりたくないものだ。きみはなかなかのやり手らしいからな。どういうことかというと、ホテルにアンから電話があったとき、ぼくはワトキンズに会いにいくところだったんだが、その時点で取り調べにどれくらい時間がかかるかも、警察がすぐにノースの家に向かうのかもわからなかった。アンはひどく不安そうだったから、ぼくにできることはなんでもしてやりたいと考えたんだが、そのことについてはすでに話したね。ブラウンもぼくと同じだけ殺人について知っていた。彼とは昼食のとき、いや、午前中ずっとそのことについて話していたし、彼も大学時代のアンを知っているんだ。そしてぼくは、ブラウンもアンのためならなんでもするだろうと知っていた。それで先に行ってもらって、なるべく早く彼らと合流することにしたんだ。だが、きみも知っての通り、ぼくにはそうすることができなかった」

「もしきみが現れなかったら、ブラウンはどうすることになっていたんだい?」

「彼女の用がどのようなものなのかを聞き、必要に応じてアドバイスするのさ」

「彼女は俳優を弁護士として雇うことになっていたのかい?」

カートライトは短く笑い声をあげた。「たまたまブラウンが頼みやすかった、それだけさ。だからあいつに行ってもらったんだ」

「ワトキンズにブラウンのことは話すつもりなのかい?」ジュピターが訊ねた。

「とんでもない」カートライトはきっぱりと言った。「事後従犯ってものがあるんだぜ。アンがノースを撃ったなんてことになったら、ブラウンは従犯者にされてしまうかもしれない。実際のところ、きみだってそうだ」

「それについてはぼくも考えた。それに、ブラウンも考えたんじゃないかな。ワトキンズが車でやってくるのを見て、慌てて隠れていたからね」

「そりゃそうだろう。だが、なぜアンがぼくに会いたがっていたかわかったいまとなっては、ワトキンズにやつを見られたとしてもさほど問題ではなかっただろう。とはいえ、状況をわざわざ複雑にする必要はない」

「もっともだ」そうは言っても、現時点で状況はじゅうぶん過ぎるほど複雑だった。カートライトの話は信用することにしよう。いまのところ、疑う理由はなにもなかったし、じゅうぶん理に叶っていたからだ。夫の死の詳しい状況を早く知りたかったというアンの説明よりも、確実に理にかなっている。カートライトとブラウンは友人として行動していた。おそらくアンは、殺人に関してはなにかを知っていたのだろうが、後ろめたいことは一切ない行動をとっている。

「オニールはどうなんだ?」ジュピターは沈黙を破るためにそう質問した。

「オニール?」

「そう、あの元軍人さ。彼は昨夜、マシューズと一緒にゴルフ場に出ていた」

「それがどうかしたのか?」カートライトは興味を持ったようだった。

「なにかつながりがありそうだとは思わないか?」

「ノースと? どうだろうな。オニールはこの十年間のほとんどをヨーロッパで過ごしたんじゃなかったか? そして、マシューズはワイオミング暮らしだ」

「オニールは、昨夜十二時少し前と今朝もう一度、若い娘から電話をもらっている。そして、ゴルフ場には女性の足跡があった。きみも知っているだろう」

「足跡のことは知っていたが、電話のことは知らなかった。もしオニールとマシューズがゴルフ場でノースを殺すつもりだったとしたら、彼らは夜中にゴルフをしにいくなどとわざわざ宣言するかい？」

「普通はしないだろうな」ジュピターは認めた。「だが、オニールは電話をかけてきた娘の名前をワトキンズに教えようとしなかった。それに、彼の話はなんとなく嘘っぽかった。きみは大学生だというアンの妹を知っているかい？　昨日の晩、あの家で一緒に食事したという妹を？」

オニールとアンの妹が共謀しているという可能性がふと、ジュピターの頭に浮かんだ。かなり無理のある仮説だろうが、いまの段階ではどんな思いつきも追求してみる価値がある。

「アンに妹がいたということを、いま思い出したよ。我々が大学生だったころ、十二歳か十三歳だったはずだ。その彼女がオニールに電話する理由がわからん」

「ぼくにもさっぱりさ」と、ジュピター。「いずれにせよ、妹についてはワトキンズが調べるだろう」

「ああ」カートライトが頷いた。「彼が調べるだろう」

再びふたりは黙り込み、そのあいだに車はハワード・ジョンソンの店の前を通り過ぎた。両方ともそのことには気づいていたが、通過している最中はなにも言わなかった。ジョンソンの店についての話題も、目下のところ語りつくしてしまっていた。

「きみは、ハーバードで教えていると言ったよな」カートライトが話しかけた。「仕事はどうだい？」

「きつくはないし、自分が話しているのを聞くのも悪くないよ」

カートライトは声を上げて笑った。いままで自分が手に入れた証拠はあまり役立ちそうにないし、ジュピターはつかのま殺人事件から離れられることにほっとした。

「後輩たちに知識を分け与えようという使命感に燃えているわけじゃないのかい?」

「歴史上のいまこの瞬間」ジュピターは説明する。「学生たちの教養という観点から、古《いにしえ》の巨匠たちの知識というのは、もっとも重要度の低い対象じゃないかと思うんだ」

「じゃあ、なぜやってるんだ?」

「それはいい質問だ。いつも言っていることだけれど、第一にそれが仕事だから。そして第二に、他にやることも思いつかないからさ。ついでながら、ぼくは信じられないような徴兵番号の持ち主でね、ケンブリッジ地区で最後から三番目なんだ」

「そうは言っても、いつだって志願できるんだぜ」

「確かに」ジュピターは言った。「いつだって志願できる」

「だけど、明日結婚するんだからそんなことするはずはないよな」カートライトはそう結論づけた。

「最近の教授たちはどうだい？　コーナント（一九三三〜一九五三年のハーバード大学総長）の腰ぎんちゃくか?」

「コーナントには賛否両論あるが、きみも知っての通りほとんどが支持に傾いてる。ぼくはなんとか自分が教えるべく雇われているテーマに関してのみ講義するようにしているよ。ちなみにこれは、ハーバードにおいては『e』という文字を使わずに本を書くくらいの離れ業なんだ」

「ああ、ロースクール講師たちの講義が聞こえてくるようだ。だれもかれもがご高説を垂れるからな」カートライトはくっくっと笑っている。

「そうじゃない人に会うとホッとするよ」

「そういうのは、レンドリース法案（武器貸与法案。第二次世界大戦時にアメリカから連合国側に対して軍事物資などを貸与するというもの）とともに諦めたんだ」

「あれはすばらしい法案だ、そう思わないかい?」と、ジュピター。「だが、きみはぼくをからかっているんじゃないのか。きみが自分の考えを法案にまとめたというのをクラスレポートで読んだよ」
「いまも手元にある」カートライトは苦々しげに言った。「これからもずっと手元にありそうな雰囲気だ」

残りの道中、ジュピターはカートライトが語る、ニューヨーク州における犯罪者更生法案成立に伴うさまざまな困難に耳を傾けた。そして、そうではないかと薄々感じていたことを改めて聞き、カートライトがその法案を思いついたときの熱意の大部分はすでに失われてしまったらしいと気づいた。彼がすでに冷笑家ではないとしても、そうなるのは時間の問題だろう。

ジュピターはホテルに続く私道に入る手前で車を止めた。「ぼくはこれからちょっとゴルフ場に行ってくる」
「あれこれ探ってみるのか?」車から降りながらカートライトが訊ねた。

ジュピターは頷いた。「まあ、ちょこちょことね」
「幸運を祈るよ。それから、ありがとう。また会おう」

ゴルフ場周辺に殺人事件捜査の痕跡はほとんどなかった。数名の卒業生たちが第一ホールのティーグラウンドの後方でのんびりとクラブを振っており、グリーン上では六人が静かに、どうやら金を賭けたらしい試合をやっていた。客についていないキャディたちが数名、キャディ用休憩所の脇で野球のキャッチボールをしている。

ジュピターがゴルフをやるのは年三回くらいだった。ゴルフが嫌いだとかそういうわけではなく、ゴルフの腕前を上げるには継続的に練習しなければならないと承知のうえで、テニスのほうに足が向くというだけのことである。実際にゴルフをする段になると、いつも一ヵ月間せっせとプレーして、有能なコーチから何度かレッスンを受ければ、自分も簡単にスコアを八十台前半に乗せられるだろうと思うのだった。この説を自ら証明することはけっしてないだろうと思いながらも、ゴルフ場で会う他のへぼゴルファーたちに対して心地よい優越感を抱き、そんなのは幻想だとわかっていても、この優越感はつねに消えることがない。「あらゆるゴルファーは」彼はかつて公言した。「夢のなかで最高のプレーをするのさ」

ジュピターはキャディ用休憩所まで歩いていくと、ひとりの少年にノースを発見した客についていた二人のキャディのどちらかがこの近くにいないかと訊ねた。その少年は「いますよ」と言うと、キャッチボールをしていたひとりに声をかけた。

ボール遊びを抜けてきたキャディの少年に、きみがあの日の第一組の客たちについてコースを回っていたのかとジュピターは訊いた。

キャディは頷いた。「ジョニー・オハラと一緒にコースに出ていました。彼はいまもラウンドをまわっています。あ、ぼくはボブ・ニューマンと言います」

「きみたちの組の前に、コースに出ていた人はいなかったかい？」

「はい、間違いなくぼくらが最初の組でした」

「最初のフェアウェイでボールを拾ったかい？」

「ボールを拾う？」キャディは頭をかいた。「どういう意味です？」

「きみ、あるいはジョニーは、最初のフェアウェイでボールを拾わなかったかい？」

「ロストボールのことですか？」

「ああ」ジュピターが辛抱強く言う。「そうだよ」

キャディは突如として警戒する様子を見せた。「なぜ、そんなことを知りたいんです?」

「大丈夫。もしもボールを見つけたとしたら、それは見つけた人のものだ。ぼくはただ、フェアウェイにボールがあったかどうかを知りたいんだよ」

「なかったです」彼はゆっくりと答えた。「ボールは一個もありませんでした」

「そうか、ありがとう」

ふむ、これは意味があるのかもしれないし、ないのかもしれない。オニールはマシューズと一緒にゴルフをしようとしたが、最初のフェアウェイで半ダースものボールをなくして諦めたと言っていた。だが、朝一番の組が一個もボールを目にしなかったからといって、それでオニールが嘘をついていたということにはならない。もっとあとの組が見つけたかもしれないし、すべてのショットがフェアウェイから逸れていたことだって考えられる。さらに、オニールとマシューズが第一ホールのティーグラウンドに立って、各自三打ずつ打ったはずはない。ふたりとも、一打を終えるとボールを探しに行ったはずだ。それが見つからないというので、それぞれ新たなボールを使って次のショットを打ったに違いない。半ダースというのは言葉の綾で、フェアウェイのばらばらな場所に落ちた四つのロストボールのことなのかもしれないのだ。いずれにせよ、それをはっきりさせるには、オニールに訊いたほうがいいだろう。

キャディの少年はキャッチボールに戻り、ジュピターは別のキャディに例の十一番ホールのティーグラウンドへ続いているという女性の足跡はどこから始まっているのかと訊ねた。

「すぐそこの店の脇からです」彼は指差して教えてくれた。「最後まで辿っていけますよ」

ジュピターはコースから外れると、隣接するフェアウェイ上にいまもはっきりと残っている足跡を見つけた。この足跡の主がだれにせよ、コースを最短距離で横切ってはいない。足跡はフェアウェイの端をうろうろと進み、人を阻む低い松林の端を抜け、再び別のフェアウェイへと出ていた。ジュピターは時々、足跡を見失いながらも、コース中の短い芝のところにくるとまたすぐそれを発見しながら、半マイルほどその足跡を辿った。何組かのゴルファーたちからじろじろ見られたが、また新たな警察官がやってきたと思われているらしく、なにか言われることはなかった。若い娘が夜中にゴルフ場でいったいなにをしていたのかという問題について、少なくともいまのジュピターには見当もつかなかった。彼はなんだか馬鹿馬鹿しくなり、そこに足跡がある理由についていくつかの途方もない可能性を考えながら、歩き続けた。そして、男が足跡をつけるために女性の靴を履いていた可能性について熟考している自分に気づき、考えるのをやめた。木の下のむきだしの一角で足跡がごちゃごちゃに乱れていることに気づく直前まで、そんな調子だったのである。地面に大量のハイヒールの跡が残っていることから、娘はここでしばらく立ち止まっていたらしい。ゴルフ場の向こう側に目をやると、ノースの発見された小さな丘が見えた。彼女はここでなにかを待っていたに違いない。しかし、なにを待っていたのか？　ノースからの合図だろうか？　ここからなら、ティーグラウンドを目指して砂利道を上がってくるノースの車のライトがはっきりと見えただろうが、彼と会うつもりだったのなら、なぜこんなところで待機していたのだろう？

「降参だ」ジュピターはそう独り言をいうと、クラブハウスへ帰った。

彼は自分の車を見つけると、ホテルの駐車場へ戻った。ホテルに入ると、ミスター・スティーヴンズが相変わらずフロントにいたので、なにか変わったことはないかと彼に訊ねてみた。

「記者たちがやってきましたよ」ミスター・スティーヴンズが憂鬱そうに答えた。「のんびりやってくれればいいんですが、そうはいかないでしょうね。ロビーで殴り合いの喧嘩が起こるだけで、ホテルが台無しになったという話を聞いていますよ」

「大変ですね」ジュピターも話をあわせた。「だけど、殺されたのがハーバードの卒業生だってことは忘れずに。そのことで、格式みたいなものは伝わりますよ」

ミスター・スティーヴンズは目に見えて、明るい表情になった。そういう側面についてはまったく思い至らなかったらしい。

「ところで、ハーラン・ブラウンの部屋番号を教えてもらえませんか?」

スティーヴンズに部屋番号を教えてもらい、ジュピターは礼を言ってその場を離れた。ブラウンの部屋はホテルの左棟の一階だった。ジュピターはブラウンの部屋の前を通過し、廊下の突き当たりのドアから外に出た。広い芝生に出られる階段がある。ジュピターはブラウンが自らの目的のために選びそうな場所を想像しようとしたが、諦めた。そこで注意深く芝生を見つめながら、芝生のまわりをぐるりと回った。

「犯罪捜査という作業の一部はあまり気持ちがいいものではないな」彼はそうつぶやいた。実りのない探索活動におよそ十分間を費やしたのち、ホテルに戻った。フェアウェイにゴルフボールはなく、芝生に昼食を吐いた痕跡はない。このことにどれだけの意味があるかはわからないが、とにかくそういうことだ。

純粋な基本的推理によって、ジュピターはバーにいるベティとライスを発見した。彼らは他の四人の卒業生たちとテーブル席についていて、なにやらお祝いをしている。ライスが顔を上げ、こちらを見た。

「やあ、お帰り」ライスが言った。「おれの身の潔白が証明されたよ」

ジュピターはベティに微笑みかけた。「ぼくの代わりにだれかがそれをやってくれて嬉しいよ。いったい、どういうことだったんだい？」

「おれはだれも殴っていなかった。ドアを殴っただけだったんだよ。一緒に外に行こう、見せてやるよ」ライスは立ち上がって、ジュピターの腕をつかんだ。「我ながらすごいパンチの持ち主だよ、羽目板をぶち抜いたんだから」

ベティもライスと一緒に立ち上がるとジュピターの横にやってきた。「明日以降、わたしを置いてどこかに行ったら承知しないから。すごく寂しかったわ」

「ぼくだって寂しかったよ」ジュピターは言った。「だけどそれをいうなら、ぼくはここに来てからずっといろいろな忘れ物をしているみたいなんだ」

第十一章

間もなく夕方の五時になろうという時間なのでバーは混雑しはじめており、ベティ、ジュピター、ライスは隅の小さなテーブルを囲んだ。三人はライスの部屋のドアを調べてきたところで、ライスはそのドアが壊れているのがいかなるいきさつでホテルの従業員によって発見され、壊れた木材のところにくっついていた皮膚の破片がパーディ署長と州警察によって発見されたかを説明した。ライスが昨夜、ドアにパンチを食らわせたことに疑いの余地はなかった。それはホテルの洗濯室へと続くドアで、警察はライスの動機が酔っ払っての破壊行為でしかなかったということに納得したらしい。ライスは壊したドアを弁償する意思を示し、ミスター・スティーヴンズはその申し出を受け入れたという。

ジュピターは黙ったまま、乾杯の意を込めてベティに向かってグラスを掲げ、その日、最初のお酒を味わった。「きみが錠のかかったドアをこじ開けようとしたのには、深い心理学的意味があると思う」ジュピターは友に言った。

「おれもそう思う」ライスは真面目くさって頷いた。「間違いなく、あらゆるものに対して無意識に完璧を求めて葛藤しているんだろう。いまや、おれの天賦の才の質も量も疑いようがないからな」

「ずいぶん幸せそうだな」ジュピターが言った。

「幸せだとも。芸術家がこんなに嘘偽りなく自分の気持ちを表明するのは、めったにないことなんだ。

来年の冬にはニューヨークで個展を開こうかな」

「そのときは、必ず行くよ。ときに、貴公は我がフィアンセに会ったことはおありか?」

「昼食をご一緒させていただく光栄に預かり申した」ライスはお辞儀をした。「そして、この佳人はどなたかとずっと考えていた。ミス・マハン、あなたの夫になる方は犯罪捜査に興味がおありだとか」

「ねえ、みんなで車に乗ってケンブリッジに帰らない?」ベティが言った。

「それもいいね」ライスがジュピターを振り返りながら答えた。「きみはどう思う、ジョーンズ?」

「よく話し合ってから決めよう」と、ジュピター。「まずは、今夜の夕食をどうするかという問題がある。シンシアはどうするんだい?」

シンシアというのは、明日の結婚式でベティの付き添いをつとめる友人代表なのだ。

「七時に迎えに行く約束をしているわ。つまり、ここからケンブリッジまで行って、着替えるのに二時間あるということよ」

「シンシアはぼくのお相手というわけかい?」ライスが言った。

ジュピターが頷いた。「でも、シンシアの体調が悪かったらどうする?」

「体調なんか悪くないわ」とベティ。

「わかってる。だけど、もし彼女の体調が悪かったら、はるばる町まで戻っても無駄足になるんだぜ」

「きみの言ってることはわかる」ライスが言った。「公益のために、神の御業《みわざ》を創造しようとしているんだな」

「わたしだって、彼が考えていることはわかっているわ」

「この夕食の約束はきみにとって大切なものかい?」ジュピターがベティに訊ねた。

「ええ、そうよ。ずっと前から約束していたし、それに……」

「わかった、行こう」立ち上がりながら、ジュピターが言った。「ここはぼくの奢りだ」

ベティがジュピターの腕をつかんだ。「どうしても行かなくちゃならないってわけじゃないわ。もしも、ここに残ることが重要だっていうのなら」

ジュピターは腰を下ろした。「ぼくが知っていることをきみたちに話そう。そのうえで、多数決で決めようじゃないか」

ジュピターは二十分間、淡々と話し続けた。それはこのままホテルに残るための理由を説明しているというよりは、自分自身の頭のなかにある事件を整理するためだったと思う。ライスのアリバイが成立したことで、ジュピターがこの事件に抱いていたかもしれない利害関係が消えてなくなったことはだれの目にも明らかだった。いまなら良心の呵責もなく、警察に自分がしたことや、知っていることを伝えることもなく、立ち去ることが可能なのだ。

ジュピターが話しているあいだにも、新たな卒業生たちが部屋に入ってきては、飲み物を頼みにバーへ行った。そのとき、日焼けしたばかりの興奮した面持ちの男たちがドッと部屋へ入ってきた。ついさっき殺人事件のことを知った、沖釣りに行っていた者たちだ。室内は男たちの話し声でますます騒々しく、熱気を帯びてきた。ジュピターはブラウン、ブラッグドン、ウィンストンがバーのところに立っているのに気がついた。また、自分がここへ来て以来、オニール、カートライト、マシューズが部屋を出たり入ったりしていた。

これまでわかったことの締めくくりに、ジュピターは言った。「とまあ、こういうわけなんだ。ぼくのなかで結論はまだ出ていない。きみたちはどう思う？」

「驚いた」ベティが言った。「あなたったら、警察よりも事情通ね」

「確かにそうだ」ジュピターは真剣そのものだ。

「おれはもう一杯、お代わりをもらってこよう」ライスが言った。「酒の助けを借りれば、どうすればいいかわかるかもしれない」

「ここにいる？　それとも行くかい？」ジュピターがベティに訊ねた。

「ジュピター、わたし、本当にどうしたらいいかわからないわ」

「ぼくもなんだ」

「みんなでもう一杯ずつ飲んでから、決めたらどうかな」ライスが言った。

「わかった」と、ジュピター。「ぼくが取ってくるよ」

ジュピターは人ごみをかきわけてバーまで行くと、三人分の飲みものを注文した。それを待っているあいだ、彼は煙草に火をつけると目の前のバーカウンターに置いてあった灰皿にマッチの燃えさしを捨てた。煙草の吸殻とマッチの燃えさしのあいだに、真ん中のところで折られたなんのへんてつもない台所用マッチが三本、未使用のまま捨てられていた。ジュピターがそれを見つめていると、バーテンダーが灰皿の中身をバーの下に捨てた。ジュピターはそれに抗議することはせず、バーのところにいる男たちを見渡した。現時点で、そこに見知っている顔はない。注文した酒が出され、彼はそれを受け取るとテーブルに戻った。

ベティが彼の顔を見た。「いったいどうしたの？」

「重大な発見をした」彼はそう言うと、腰を下ろした。背中がぞくぞくする。「この十五分間に、ノースを殺した犯人はこの部屋で酒を飲んでいた」

「なんだって」ライスが言い、自分の酒に手を伸ばした。

ジュピターは三本のマッチのことを説明した。「そいつはマッチを折って、そこらに捨てる癖がある。ぼくたちは、その癖の持ち主を見つけだすだけでいい」

ライスは唇をなめ、あたりに目を凝らした。ベティはひたとジュピターを見つめると、軽くかぶりを振って片手を差し出した。

「小銭をちょうだい」無理に笑顔を作りながら彼女は言った。「シンシアに電話をして、約束をキャンセルさせてもらうわ」

第十二章

サイオセットビーチホテルのカクテルアワー、すなわち、その日の気苦労から開放され、楽しい夕べへの期待がふくらむ安らぎの時間が、まもなく終わろうとしていた。みなはすでにタキシードに着替えており、黒のジャケットが多数を占めていたが、ニューイングランド地方の夏の暑さをよくわかっていて、白を選ぶという聡明さを発揮している卒業生も少なからずいた。

すでに七時となり、パーディ署長は今日の午後の満潮時に、息子が捕まえたシマスズキの夕食をとるため、すでに家に帰っていた。モース警部がジョージの店でポットローストにしようか、それともハムにしようかと迷っている頃、ワトキンズ地方検事はバサムではなく、サイオセットの道路沿いにあるハワード・ジョンソンの店で、記者たちに最後の答弁をしていた。ミスター・スティーヴンズは自分のオフィスで、トーストに乗せた二つのポーチドエッグをつついている。

要するに、元気を回復する安らぎの時間というわけだ。

いまのところ、まだマッチを折る癖を持つ人間を見つけだせずにいるベティ、ジュピター、ライスは、それぞれ五杯目、四杯目、八杯目のカクテルを飲んでいるところだった。彼らはバーの外ではあるが、なかから呼べば聞こえる距離に置かれた大きなテーブルを囲んでおり、目下、カートライト、ウィンストン、ブラッグドン、マシューズも同席していた。そして今度は、ジュピターの誘いに応じてブラウンが加わり、ブラウンが胃の不調を理由に酒の誘いを断るのを聞いて、ジュピターが同情の言葉をつぶやいた。

「なんだか、独身さよならパーティみたいになってきたわね」と、ベティ。「わたしはそろそろ失礼したほうがよさそうだわ」

「いやいや、そういわずに」立ち上がりながら、ライスが言った。「諸君、これから自分が知るなかで最高にすてきな友に乾杯したいと思います。彼女とは長いつきあいですが、今後の幸せを祈っての乾杯には諸君にもご賛同いただけるでしょう。では、この偉大にしてすばらしい友に乾杯したいと思いますので、ご起立ください。花嫁に乾杯！」

　ライスはグラスを掲げ、他の者たちも立ち上がって、飲みものを飲み干した。あたりを見回しながら、ジュピターはこれが、男友だちに捧げる乾杯の決まり文句をもじったものであることを理解していないのはマシューズとブラウンだけだと思った。マシューズのほうはそんなパーティにはもうずっと出ていないだろうし、ブラウンはライスの言うことにぴんときていないのだろう。

「優しいのね、エド」ベティが言った。

「おいおい、ベティ。おれは本気で言ったんだぜ」

「実際に立ち上がって、ああいうスピーチをするのは勇気がいるんだよな」と、ウィンストン。彼がこのテーブルに加わってからというもの、ジュピターはその「ポロをたしなむ類の」ハーバード大卒業生らしからぬ態度に驚いていた。ウィンストンは言った。「いやまったく、あの手のパーティでこれまで耳にしてきた乾杯の文句ときたら。なにしろ、二十八回も結婚式の新郎付添人《アッシャー》をやったことがあるんだぜ」

「数えてるのかい？」カートライトが言った。

「兄貴と競っててね」ウィンストンが説明した。「むこうのほうが三回多いんだが、今年は追いつきそうだ。兄貴が従軍中だからな」

「ここにいるミスター・ジョーンズなら、喜んできみにその役目を任せてくれると思うぞ」ライスが言った。

「いいとも」と、ジュピター。「明日、その役目をやってくれるかい？」

「ありがとう」かぶりを振りながら、ウィンストンが言った。「だが、それは数には入れられない。自分から花婿にアプローチするのはルール違反なんだ」

「ねえ」遠くを見つめながら、ベティが言う。「わたし、人はみな結婚すべきだと思うわ」

「一度はね」ブラウンが応じた。

「ぼくは結婚できない」ウィンストンが言った。「友人が多すぎて、とても付添を二十人以下に絞り込めないからね」

「ひょっとして、それがノース殺しの動機だったりして」ジュピターが言った。

テーブルが急にしんとしたので、ジュピターは驚いた。

「それは、どういう意味だい？」ブラッグドンが静かに訊ねた。

「もしかしたら、彼の結婚式で新郎付添人《アッシャー》を頼まれなかっただれかが、それを恨んでとか」ジュピターはそう言いながら、沈黙のあとの己の言葉の馬鹿馬鹿しさを痛感していた。

「そうかもな」ウィンストンが自分のグラスに手を伸ばしながら相槌を打った。

「もしかしたら、花婿になれなかっただれかが、それを恨みに思っていたのかもしれないぞ。おれだって、花婿になれる見込みがある気でいたこともあったしな」

ライスはそう冗談めかして言ったが、ノースの話が出たことで他の者たちは言葉少なになっていた。これはどういうことだろうと不思議に思っていたとき、ジュピターはテーブルの灰皿のなかに折れたマッチが入っていることに気がついた。このマッチは燃えさしだったが、他のマッチと同じ種類で、同じように折られている。

数秒間、ジュピターは息をすることさえ忘れていた。同じテーブルの者たちはみな煙草を吸っているから、だれかが煙草に火をつけて、いつものようにマッチを折り、周囲の者たちが気づかないうちにそれを灰皿に捨てたに違いない。かれこれ一時間以上も、ジュピターは灰皿を確認するためにちょこちょこバーへ行っていたが、マッチを折る癖のある男は、さっきからずっと自分と同じテーブルにいたのだ！

ベティがジュピターの表情に気づいて、怪訝な顔をした。ジュピターは眉を上げると、丁寧な手つきで煙草から灰皿に灰を落とした。それを見つめていたベティはマッチに気づき、ぽかんと口を開けた。

そのマッチの存在に気づいていないライスが言った。「犯人は同窓会に来る前からノースを殺す計画を立てていたのか、それとも唐突にそうしようと思いついたのか、どっちなんだろう」

「犯人が我々のなかのだれかだと、まだ決まったわけじゃない」カートライトが言った。

「いや、我々のうちのだれかさ」と、ブラッグドン。「あらかじめ計画していたんだろう。同窓会に銃を持ってこようなんて普通は考えない」

「そう言われればそうだ」ブラウンが頷いた。「そんなこと考えてもみなかったが」

「きみはどうなんだ、ディック」ライスがマシューズに言った。「牛泥棒を追い払うために六連発銃を持っていないのかい？」

マシューズはにっこりした。「家にいるときより、ここのほうがよっぽど銃が必要に思えるよ」

そのとき、ライスがマッチに気づいた。自分の煙草を消すために前に乗り出していたライスは、ぎくりとして手を引っ込めた。

「どうした？」ウィンストンが訊ねた。

「指を火傷したよ」ライスはそう言うと、ジュピターを見た。そして煙草を床に捨て、酒を飲み干した。

ジュピターが言った。「だれかお代わりの欲しい人は？」

彼はテーブルを見回した。

「今度はわたしが取ってこよう」マシューズがそう申し出たが、お代わりを頼む者はいなかった。

「こちらのベティとジョーンズは似合いだと思わないか？」ライスが言った。

「もちろん」と、マシューズ。

ライスはまっすぐにジュピターを見つめた。「またとないベストマッチだと思う」彼は一言、一言、注意深くいった。

「喧嘩さえしなければね」と、ジュピター。

「そういう意味で言ったのさ」ライスが言い返す。

「気を抜かなければ大丈夫だ」ジュピターも応じた。

「確かに」ライスはそういってから、その暗喩にぴんときたようだった。「そうだな！」

ベティはどうやったらこの状況を打開できるのかわからないものの、なにかがおかしいことには気づいていた。彼女は言った。「付添人代表《ベストマン》は飲み続けね」

「みんなそうさ」経験豊かなウィンストンが言う。

「きみはこれまでに何度、付添人代表《ベストマン》をやったことがあるんだい？」ライスが訊いた。

「九回だ」ウィンストンが迷いなく答えた。

「じゃあ自前のスーツを持っているのかい？」

ウィンストンはにっこりと頷く。

「きっと、そっちのほうが安上がりなんだろうな」ライスが言った。「ところで、ジョーンズ、おれの衣装は頼んであるんだよな？」

「ああ、リード&ホワイト（販売およびレンタル用のフォーマルウェア専門店）の担当者が手配してくれてる」

「そういう細かい話はみなさんには退屈だと思うわ」

ベティがびくびくしているのがわかったし、ジュピター自身も落ち着かない気分だった。なにしろ、いまにもこのテーブルのだれかがマッチを折るかもしれず、そうすることでその人物がどのタイミングにせよ、殺された男の車の後部座席にいたことが証明されるのだ。そして、車のなかにその男がいたならば、目的はひとつしかないだろうし、その男がだれであったかということについても予想がついていた。たいし、ブラウンとブラッグドンはこのテーブルに加わってからほとんど会話に参加していなかっマシューズは冷静で、カートライトとウィンストンは陽気と言ってよかった。それがこれほど重要ではなかったとしたら、この犯人探しを楽しむことさえできたかもしれない。殺人犯クイズ——最初にマッチを折った人物に決定、というように。

「そろそろお代わりをもらおうかな」ライスが言った。

マシューズがみなの注文を聞くと、バーへ向かった。

「今シーズン、レッドソックスはどんな成績で終わると思う？」ウィンストンが訊ねた。

ブラッグドンが細かい数字上のデータを挙げながら説明を始め、上位チームのなかではボストンが好成績で終了するだろうと結論づけた。ジュピターも自説を述べながら、なぜノースの話題が避けられているのかということが何度も頭をよぎった。

「知的な議論の背景として、ハーバード大学の教育ほどすばらしいものはないわね」そうベティが言った。「個人的には、どちらのリーグにおいても一番強い外野がいるのはボストンだと思うわ」

「そうかもしれない」ブラッグドンも頷く。

「ひょっとしたら、未公表の大金と引き換えに我々はキラン（アメリカ人ジャーナリスト。『ニューヨーク・タイムズ』のスポーツ記者を経て、『ニューヨーク・サン』のコラムニストとなる）と彼女をトレードすべきかもしれないぞ」ジュピターが言った。

飲みものを持って帰ってきたマシューズが言った。「みんな夕食のために入り始めている」

「オニールはどこに行ったんだい？」ジュピターが訊ねた。「姿が見当たらないけど」

「まだ着替え中なんだろう」マシューズが言った。「わたしが下りてくるときに、支度を始めたところだったから」

ジュピターがテーブルに置いていた煙草の箱を手に取ると、同席のみなに勧めた。煙草を取ったのはマシューズだけで、彼はグラスの横に置いてあった紙マッチでそれに火を点けた。

「夕食のときは、ノースのことが話題になるんだろうか」ブラウンが言った。

「むしろ、ノース以外のことも話題になるのかどうか」と、ブラッグドン。

「いや、ぼくがいうのはスピーチのなかで、ってことさ」ブラウンが応じた。「たぶん、触れないわけにはいかないだろうけど、そうすると娯楽として予定していたものが台無しになってしまうんじゃないかと思って」

「殺人事件があったことによって同窓会は活気づいたとぼくは思う。ずっと退屈に違いないと思っていたからな」ブラッグドンが言った。

「じゃあ、なぜ来ることに?」ジュピターが訊ねた。

ブラッグドンが肩をすくめた。「ワシントンから離れるいい口実だったからさ。この十年間で同期たちがどう変わったか見たかったし」

「で、どうだった?」

「こうなるだろうと思っていた通りだったよ。大学卒業後、別人のようになったなんて奴はいない。太った奴もいれば、変わっていない奴もいる。だけど当時から、どいつがどんなことをするかについては予想がついていた」

カートライトがジュピターを振り返った。「まさしく今日の午後、きみが言っていたことだな」

「確かに。だけどぼくは、生きていてこれぐらいの年代に多くの者が経験する、大いなる懐疑の念というものに興味を抱いているんだ。ぼくはかつて、自分がなにをしたいのかはっきりとわかっていた。それがいまになって、自分は果たして正しかったのかと考えるようになっているんだ」

「いわゆる自己不信の日々だな」と、ブラッグドン。

「そうだ」ジュピターも同意した。「だが、生きていればほとんどの日々がそうだ。ぼくが言いたいのは、十年目の同窓会のころに人は突然、これまでの自分を振り返り、ああ、卒業からもうそんなに経ったんだということと、いま自分はどのあたりにいるのか考えるということさ」

「それがわかれば苦労はないよ」ブラウンが言った。

「ライスとマシューズ以外の我々全員は、自分がいまどこにいるのか頭をひねっているとするのは、間違っているだろうか？」ジュピターが言った。「このふたりを除外するのは、本人がそれを認めるかどうかはさておき、ライスはアーティストだし、マシューズは自分の農場でずっと探していたものを見つけたんだなと思えるからだ」

「実際のところ、どうなんだい？　ディック」ブラッグドンが訊ねた。

「自分の仕事は気に入ってるよ、これが質問の答えになるならば」と、マシューズ、

「ぼくも仕事が手に入ったときは、役者をやっててよかったという気になるよ」ブラウンはにこっと笑った。「だけど、これがやるだけの価値のある仕事なのかどうかをしょっちゅう考える。真面目なアーティストひとりに対し、劇場にはその五十倍のろくでなしがいる。仕事を手に入れるために、こうしたろくでなしどもと勝負をしなければならない。そして、この比率はいつか変わるんだろうかと考えるんだ」

「今年のヤンキースは何位で終わると思う？」ライスがつぶやいた。

「ゴメス（一九二九年から四二年まで同チームに在籍していたレフティ・ゴメスのこと）次第だと思うわ」と、ベティ。

ウィンストンがブラッグドンの腕をトントンと叩いた。「きみらワシントンの官僚が、ぼくらから税金を取っていくのはしかたないけれど、絶対に野球を廃止しようなどという気は起こさないでくれよ」

「そんなことしないよ」ブラッグドンが言った。「だが、きみはまさかルーズヴェルト（原著刊行年からみて、第三十二代大

統領フランクリン・デラノ・ルーズヴェルトのことと思われる）派じゃないだろうな？」

「このあいだ、親父が収入五万ドルにまで削減されたとこぼしていたよ」にこにこしながらウィンストンが言った。「心配するなと言っておいた。ぼくはウォール街で親父の有価証券で損をしながら週に四十ドル稼いでいるんだからとね。だからぼくは野球が好きなんだ」

「それでぼくの質問の答えになったよ」と、ジュピター。

「だろ？　ぼくも、なぜこの仕事をしているのかとよく考えるよ」ウィンストンが言った。「ウォール街は五年以内に破綻するだろうが、あんまり派手に破綻されても困る。大きな声じゃいえないが、ルーズヴェルトのやっていることは間違っていないと思う」

「おやおや。社会的良心を持つポロ選手とは驚きだ」と、ブラッグドン。

「社会的良心なんかくそくらえ」ウィンストンが唸るように言う。「ぼくはこれからもずっとポロをやり続けたいんだ。ぼくの金をむしり取っているのがルーズヴェルトだけだったら、この手で奴を殺してるよ」

殺すという言葉が出たことで、テーブルは再び沈黙に包まれ、ウィンストンは気まずそうな表情になった。

「ノースはきみと同意見ではなかっただろうな」ジュピターが静かに言った。

「そりゃそうだろう」ウィンストンはそう言うと、語気を弱めてこう続けた。「少なくとも、ぼくは奴が同意見だったとは思わない。あいつのクラスレポートを読むと、ウィルキー（ウェンデル・ルイス・ウィルキー。一八九二〜一九四四年。第三十二代大統領候補としてルーズヴェルトと争うが落選）さえ大統領になっていれば、我々は古きよき時代に戻れると思っていたようだからな」

「それにしても、きみはどうして二十八回も新郎付添人《アッシャー》をやることになったんだい？」カートライトが訊ねた。

「よくわからないうちに回数を重ねていたのさ」ウィンストンはにやりとして、こう続けた。「まあ、そういうぼくもウィルキーに投票したが、たいていの人間とは違う理由からなんだ」

ジュピターはテーブルの上に置いてあった煙草の箱から煙草を一本手に取ったブラッグドンが、火を点けずにそれを片手で持っているのに目を留めた。「あれはすごい選挙だった。しばらくのあいだ、ひょっとしたら問題提起のために、銀貨鋳造自由化（銀貨を鋳造すれば、市場に大量の貨幣が流入し、不況を終わらせられるという考え）が持ち出されるんじゃないかと思ったくらいだったよ」

「ミスター・ルース（ヘンリー・ロビンソン・ルース。一八九八～一九六七。出版人。ブリトン・ハッデンとともに『タイム』を創刊した）は飢えたことがあるのかな」ライスが言った。

「それはないだろう」と、ブラッグドン。「あの男が、人頭税（納税能力に関係なく、すべての国民一人につき一定額を課す税金）を支払えない人間と夕食をともにする可能性はあるまい」

「さっきから選挙の話ばかりね。もう、国をふたつにわけて争っていた頃は思い出したくないわ」ベティが口を挟んだ。

「ぼくもオフィスの連中にまったく同じことを言い続けているんだよ」くっくっと笑いながら、ブラッグドンが言った。彼はポケットから木のマッチを取り出すと、テーブルの下でそれをすり、煙草に火を点けると、指のあいだでマッチを折り、灰皿に放った。

ブラッグドンはぎょっとしているベティの表情にも、ライスが急にグラスを置いたことにも気づいていないように見えた。ジュピターは手が震えないように両手をテーブルに置き、次にどうするべきかを考えた。ブラッグドンはワシントンの現状について話し続けている。

ジュピターには、時間が止まり、ブラッグドンの声は過去の会話のこだまのように感じられた。同席者たちの顔は変わっていないのに、突然、非現実的で、舞台に立つ役者たちのように遠く見えた。ウィンストンとカートライトはブラッグドンの話に熱心に聞き入っており、マシューズは天井を見つめ、ブラウンはバーから出てきて、ダイニングルームへ向かう男たちを見渡していた。ベティは凍りついたように手のなかのグラスを見下ろしており、ライスはゆっくりと頭を左右に振っている。

その状態は一分以上続き、その後、音も動きもない状態で二秒間静止した。右手にある階段から、くぐもったような、しかし、紛れもない銃声が聞こえたのだ。

ジュピターは椅子のなかから身を乗り出し、マシューズは飛びあがるように立った。バーから出てくる男たちがぎょっとして歩みを止め、一斉に階段のほうを振り返った。

マシューズが真っ先に階段めがけて駆け出し、ジュピターも彼を追って人ごみをかきわけていった。彼らは揃って二階にたどりつくと、全速力で廊下を走った。オニールが廊下を半分ほど行ったところのドアから出てきて、こちらに駆け寄ってきた。彼は相手が何者であるかに気づくと、その場に立ち止まった。白いディナージャケットを着ており、ブラックタイは結ばれておらず、両端がシャツの襟のところから垂れ下がっている。

「なにがあった、ジャック?」マシューズが息を切らしながら訊いた。

オニールは固い表情で言った。「どこかのくそったれが、たったいま、おれめがけて銃をぶっぱなしたんだ」

第十三章

　オニールは、マシューズとジュピターの向こうの廊下を見つめた。「では、きみたちは男が階段を下りてくるところを見なかったのか？」

「だれも下りて来ていない」マシューズが言った。

　オニールは踵を返し、廊下の反対側に向かって走っていく。マシューズとジュピターもあとを追いかけた。廊下の奥には従業員用階段があり、そこでオニールは立ち止まった。

「犯人はここを下りていったのかもしれない」

「あるいは上ったのかも」と、ジュピター。「なにがあった？」

「着替えていたら、だれかがドアを開けて、こっちに向かって発砲したんだ」オニールは階段の吹き抜けに目を凝らした。「犯人が上の階に行くとは思えない。絶対に、外へ逃げようとするはずだ」

　オニールは階段を下りはじめた。

「相手が銃を持っているということを忘れるな」ジュピターが注意を促す。

「どうせ当たりっこない」オニールはそう言って、そのまま下りて行く。

　背後の廊下には、卒業生たちが押し寄せていた。

　ジュピターはマシューズに言った。「現場に戻って、野次馬が部屋に入らないようにするんだ」マシューズは一瞬、ためらう様子を見せたが、やがて「わかった」と言って戻っていく。ジュピターはオニールのあとを追って階段を下りていった。一階の玄関ホールにはドアがふたつある。ひとつは外へ出るためのドアで、もうひとつはドアの向こう側から聞こえてくる音から判断して、厨房へ続くようだ。オニールがその厨房のドアを開くと、白の長いコック帽を被ったコックが料理用レンジから目を上げた。

「だれかここにきたかい?」オニールの問いを受けて、料理人はかぶりを振った。

ジュピターが外に出ると、太陽が沈みかけていた。波打ち際がほんのりと輝き、気持ちのいい海風が吹いているが、辺りに人影はなかった。駐車場にも大通りにも動いている車はない。

オニールもやってくると、辺りを見回し、悪態をついた。「こうなると犯人は上の階に逃げたのかもしれない。そいつが卒業生のだれかだとしたら、三階の廊下を駆け抜けて、ロビーにいる人ごみに紛れこんだのかもしれない」

「相手がだれか見なかったのか?」ジュピターが訊ねた。

「ああ、わからなかった。背後で銃が発砲され、すぐにドアが閉められたからな。あと数インチずれていたら当たっていたよ。銃弾は鏡に命中したんだ」オニールは片手で髪を梳くと、初めて自分が危機一髪の事態であったことに思い至ったように、また、悪態をつきはじめた。ふたりはホテルに戻ると、さっきの廊下へ行くため階段を上った。

廊下は人でごった返しており、オニールの部屋のドアの前にはマシューズが立っていた。しゃべっている者はほとんどいなかったが、あたりは興奮した空気に包まれている。

オニールが自分の部屋に向かって人をかきわけはじめ、ジュピターもあとに続いた。当直でホテルに残っていた制服警官二名が、すでに部屋のなかに入っていた。

「あんたたち、こんなところでなにをしているんだ?」オニールが食ってかかった。「銃を持って走り回っている奴がいるんだぞ。さっさとそいつを探しだしたらどうなんだ」

「犯人はまだ、ホテル内にいると?」警官のひとりが訊ねた。

「いるかもしれない。だが、こんなところでぶらぶらしていたって見つけられっこない」

「行こう」もうひとりの警官がいった。「野次馬は部屋に入れないように」

「わかった」と、オニール。

警官二人が急いで部屋から出ていくと、ジュピターはドレッサーの上の鏡を見つめた。鏡には丸い穴が空いており、そこから星型にひびが入っている。鏡はドアから十フィートも離れていない。

「当たらなくて幸運だったな」マシューズがかぶりを振りながら言った。

「おれは昔から運の強い男さ」オニールがそっけなく言った。「いったいだれが、なんのために、おれに弾なんかぶちこもうとするんだ?」

「それは当然の疑問だ」ジュピターが言う。「なにか心当たりは?」

「心当たりがあるなら、人に訊いたりしない」オニールは鏡の銃弾痕を見つめている。

「では、無差別に人を殺そうとする狂人が犯人だと?」再びジュピターが訊ねた。

オニールは鏡からさっと振り返って言った。「いや、そんなことを考えているわけじゃない。ただ、だれかがおれを撃とうとしたことを忘れないでくれ」

「もちろん」と、ジュピター。「しかしながら、現時点で考えられるもうひとつの可能性はそれだけなんだ。つまり、相手はきみを撃とうとするだけの理由があるか、さもなければ、無差別に発砲する人物かだ」

マシューズが頷いた。「確かにそうだ、ジャック」

「あれがだれだったのか突き止めてみせる。その点は心配するな」オニールはそう言うと、廊下へ出ていった。

ジュピターには面識のない卒業生がドアからひょいと顔をのぞかせ、ぽかんと口を開け、ひび割れた鏡を見つめて言った。「なんてこった!」

その男の背後にライスやカートライトの姿を認めて、ジュピターは廊下に出て彼らに合流した。

「常になにかしらの事件が起こっている」ライスはそう言いながらも、顔は笑っていなかった。

「だれのしわざなんだ?」カートライトが訊いた。

「オニールはわからないと言ってる」ジュピターは言った。「オニールが嘘を言っていないなら、今後も似たような発砲事件が起こるかもしれない。ベティはどこだ?」

「まだ一階にいる」

発砲騒ぎがあったことはダイニンググルームにもすでに伝わっており、ロビーは大混雑だった。そして、自分たちのなかに殺人犯が混じっているという噂が広がり、みな自然と同業者同士で集まっていた。十二人の弁護士が一角にいるその反対側には八人の医者が円くなってひそひそと言葉を交わしている。また、軍服姿の六人が部屋の隅でベルトに親指をひっかけて並んでいた。それ以外のグループは弁護士や医師や軍人ほどはっきりとした職業別ではなかったが、とにかくだれかと徒党を組みたいという意識が卒業生全体に芽生えていた。パニックなどは起きていなかったが、みなひとりきりになりたくないのだ。

警官の片割れがフロントカウンターで予約の電話をしており、もうひとりはもったいぶって、しかし実際の効力を疑っている様子でホテルの正面玄関に立っていた。ポーチドエッグを食べ終わり、アイスクリームを頼もうとしていたミスター・スティーヴンズは、卵を食べたことと、この職業を選んだことを後悔し、目下、なぜ自分はこの世に生まれたのかという問題に立ち返っていた。そして、そうした自己憐憫の情は、オニールや同窓会のために集まったハーバード卒業生全員への理不尽な怒りとないまぜになっている。「以前の卒業生は、はるかに質がよかった」ミスター・スティーヴンズはつぶやいた。「今年の連中ときたらひどいもんだ。年々ひどくなっていく」

ジュピターは、ブラウン以外の卒業生が席を立ったテーブルに残っているベティの姿を確認した。ブラウンは胃の調子が悪かったのも忘れたのか、みなが残していったカクテルを飲み干している。ライスとカートライトもジュピターについて戻ってきていたが、ライスはブラウンの行動に気づいて、自分のグラスに手を伸ばした。

ジュピターは腰を下ろすと、いまあったことをベティに話した。

「あなたが犯人を見つけなくてよかったわ。銃声が聞こえたときにあなたが駆け出したから怖かったの。階段を上りきったとたん、また銃声が聞こえてくるんじゃないかと心配だったのよ」

「もうとっくに逃げてしまっていたよ」ジュピターが言った。

「いつでも戦える男、ジョーンズだな」ライスが茶化した。

「そいつはなぜオニールを殺そうとしたんだ？」ブラウンがジュピターに訊ねた。

「それはまだわからない」

「なぜ、だれかなんとかしないの？」ベティは怒ったように言った。

ジュピターは肩をすくめた。現在、こうすればいいというような妙案はなかったからだ。ホテルを一室ずつ捜索したとしても、実際に犯人が同窓会参加者だとすれば、そのままどこかの部屋に身を潜めているはずはないので意味がない。オニールが言っていたように、できるだけ早くロビーへ行って、他の者たちと合流するほうがはるかに賢明だからだ。そして、もしも犯人が同窓会とは関係のない外部の人間だったとしたら、なぜそいつがオニールの部屋やあの時点で彼が在室していることを知っていたかが問題になる。ずっとホテルにいた人間以外に知りようがない情報のはずだ。

「発砲騒ぎがあったとき、ここにいたマシューズは幸運だったよ」カートライトが言った。「マシューズはオニールと同室なんだから」

「確かに」ブラウンが頷く。「しかも、ふたりとも昨夜はゴルフ場に出ていたんだからな」

折れたマッチのことを思えば、ブラッグドンだってそうだ、とジュピターは思った。「我々全員、そのことについて考えてみる価値はありそうだ」

ピリピリしていた場の雰囲気が和らいでいった。発砲騒ぎに色めきたったものの、だれも殺されていないことがわかると犯人が再び襲ってくるかもしれないという共通認識により、爆竹の導火線に点火したあとのような期待と不安に包まれていたのだが、それが不発弾なのかどうかはだれにも確信が持てないながら、緊張のピークは過ぎ去っていた。

ジュピターは、オニールがフロントデスクの近くであっけに取られた様子の卒業生たちに囲まれているのを見た。片手でどれくらい頭の近くを銃弾が通り過ぎたかを示しており、それを見ている者たちはネクタイを締めながら、ふさわしい相槌を打っている。

テーブルの向かい側に座っていたカートライトが、ジュピターの視線に気づいた。

「どう思う?」

「正直言って、困惑している」

「こうじゃないか、というような考えもないってことかい?」ライスが訊ねた。「心の奥底にもう少しで出かかっているような閃きもないと?　そのときは見落としていたけれど、それさえ思い出せば、このゾッとするパズルが完成するような断片は?」

「いまのところはまだない」ジュピターはにやりとしながら言った。「それはあとからやってくるんだ」

「すまない」ライスが穏やかに言った。「そろそろかなと思ったものだから」

「だが、オニールがワトキンズにどんなことを言うかは興味がある」と、ジュピター。「早く彼が来るといいのに」

それから十分後、ワトキンズ地方検事がやってきた。モース警部も一緒で、彼らはオニールに急き立てられるようにして部屋へ向かった。

「すぐに戻ってね」彼らのあとを追うために立ち上がったジュピターに、ベティが声をかけた。「だんだんお腹がすいてきたわ」

二階の廊下にはあいかわらず興味津々の卒業生たちがたむろしており、ジュピターは鏡に空いた弾痕を見るというだけの行為から、どうしたらそれほどの喜びが得られるのだろうと考えていた。だが、自分がやっていることも、もとを正せば犯罪に関わりたいという同種の欲求の拡大版に過ぎないと気づくと、少しばかり傲慢だったと思いなおした。

オニールがネクタイを結ぼうと鏡の前に立っていたときに、どんなふうにドアが開いて、銃が発砲されたかについて説明をしているあいだ、ジュピターは戸口に佇んでいた。

「なにが起こったか気づく前にドアは閉まっていました」彼はそう断言している。「発砲後、どれくらいの時間、自分がそこに立っていたかはわかりませんが、ドアのところに行って外を見たときには人影はありませんでした。それで廊下に出たところでマシューズと鉢合わせし、このジョーンズという男が階段を上がってきました」

オニールは、さっきから戸口にいることに気づいていたジュピターを親指で示した。マシューズはベッドの端に腰掛けており、ワトキンズ地方検事とモース警部はドレッサーの脇に立っていた。ワトキンズ地方検事は無理からぬことながら、しかめっ面をしている。

「では、きみは見ていないと……」ワトキンズ地方検事はそう言いかけて、おもむろにかぶりを振った。「だが、いったいだれだったんです?」

「わかりません」オニールが言った。「わかっていたら、こんなことしている前になんとかしてます。まあ、銃で狙われたのはこれが始めてじゃないが、当時は違法行為じゃなかったのでね」

「つまり、犯人の動機すら思いつかないということですか?」ワトキンズ地方検事が静かに訊ねた。

「自分を殺したいと思う人間は大勢います。実際のところ、八千万人くらいはいるでしょうね。しかし、そのなかの一人としてこのあたりで見かけていない」オニールが苦笑した。

「ミスター・オニール。あなたが言わんとしていることは、だれかがあなたを殺そうとする理由は思いつかないということですね?」ワトキンズはあいかわらず穏やかな口調で言った。

「ええ、その通りです」オニールは頷いた。

「すみませんが、とても信じられないですね」

「結構。それなら信じなければいい」オニールがあっさり言った。「あなたがなにを信じようと構わないが、昨夜、男が一人殺されて、どうやらその犯人はまだこのあたりをうろついているらしい。ぼくがあなただったら、こんなところで手をこまねいてはいない。壁の銃弾を取り出して、それがノースを殺したのと同じ銃から発射されたものかどうか調べるとか、やることはいろいろあるはずです」

「わたしもいろいろなことをやるつもりでいますよ、ミスター・オニール。手始めに、今朝あなたにかかってきた電話について、今日の午後お聞きしたよりもう少し詳しくうかがいたいと思っています。こんなことが起こったばかりなのですから、あなたも電話の女性の名前を明かすことに異存はないでしょうね？」

「おやおや」オニールが笑いながら言った。「まさか、彼女が撃ったと思っているんじゃないでしょうね？」

「その女性の名前をお聞きしたい」

オニールは、まるでワトキンズ地方検事の機嫌を取ってやらなければと思っているかのように、ジュピターを見て、次にマシューズを見た。「いいですか、だれかが部屋のドアを開けて、こちらに向かって発砲した。彼はぼくの部屋番号と、ぼくがまだ部屋で着替えていることを知っていたはずだ。このホテルに一日中いた女性はひとりしかおらず、それはこの男の婚約者です。それに彼女にはアリバイがあるでしょう。いっぽう、ぼくに電話してきた若い女には夫がいるけれど、そいつはこの辺りにはいません。こんなことを言うのもなんですが、彼はダートマスに行っているんです」

「では、あいかわらず名前を教える気はないと？」

「ありませんね。たいした問題ではなくとも、ぼくは頑固者でしてね」

「ミスター・オニール、わたしだって頑固者になって、あなたのことを重要参考人として留置することもできるんですよ」

「どうぞご自由に。ぼくはもっとささいなことでも、何度となくしょっぴかれたことがありますから」

「彼女の名前を教えたらどうだ、ジャック」マシューズが口を挟んだ。「たいした影響もあるまい」

「たいした影響がないことはわかってるさ」オニールがにべもなく言った。「この事件に、まるっきり関係ないからな。だが前にもいった通り、なぜ自分がわざわざ彼女と夫がもめるようなことをしなければならない?」

「ミスター・オニール、どうやらあなたには賢明なふるまいよりも騎士道精神のほうが大事なようですね」ワトキンズ地方検事は気の効いた言い回しができることを見せつけてから、唐突にモース警部を振り返った。「銃弾の回収にだれかここへ差し向けるよ」

ワトキンズ地方検事はドアへ向かうと、ふと立ち止まり、振り返って肩越しに言った。「オニール、あなたを逮捕するわけではありませんが、またお話を聞かせてもらうときまで部屋で待機していてください」

彼はジュピターの横をすり抜けると、廊下を大股で歩いていった。

オニールがマシューズに、にやりとしてみせた。「素行不良で、学校に居残りだとさ」それから、彼はモース警部に言った。「あんたたちは、ぼくが殺されていたほうがよかったんでしょうよ。そうすれば、発見された場所から絶対に動かないですからね」

「今後は我々もあなたから目を離さないようにしますよ」警部はそう言うと、壁から鏡を外しにかかった。

「入ってこいよ、探偵さん」オニールがジュピターに言った。「面白いぜ」

「いや、いいよ。もう、じゅうぶん見せてもらった」

オニールが、さっとこちらを見た。「なにか手がかりを見つけたのか？」

「それはもう山ほど」

「撃ったのがだれかはわからないよな？」

鏡を壁に立てかけたモース警部が、こちらを見上げた。マシューズはベッドの上で身を乗り出し、オニールの顔からは笑みが消えている。これはジュピターにとってこたえられない瞬間で、わざとみなを焦らした。

とうとう、ジュピターが口を開いた。「ぼくは一介の素人探偵だが、それは答えられない問題だと言わせてもらおう」

「どういう意味だ？」オニールが顔をしかめた。

「単に、わかったとかわからないとか、言えないってことさ」

いかにも踵を返すといったような身のこなしでジュピターはその場をあとにすると、一階に向かった。それなりに興奮を感じていたが、同時に混乱してもいた。自分が警察官なら数人に直接質問して疑問を解決するところだが、なんの権限もない身でそんなことをするわけにはいかない。ワトキンズ地方検事のところへ行って、いわゆる、手の内にあるカードをすべてテーブルに並べるという道もあるにはあったが、まだそこまでの準備は整っていなかった。ライスが言っていた「このぞっとするようなパズル」のいくつかのピースは実際、あるべき場所に収まっていたが、まだ、ばらばらのピースがいくつも残っており、全体像が明確になるまで、なにも言わずに自分だけで調査を続けたほうがいい。

一階ではワトキンズ地方検事が、全員ダイニングルームに行って、夕食の席につくようにと、実質上の命令をしていた。そして、すでに一時間も夕食を待たされていた卒業生たちは、進んでその指示に従っているところだった。ベティのいるテーブルにはマシューズを除いたさっきと同じメンバーがそのまま揃っている。ブラッグドンとウィンストンはすでに戻ってきていて、新たな酒のお代わりが注文され、それぞれがいくらか、飲んだ状態で置いてあった。

「まだ、お腹はすいているかい?」ジュピターがベティに訊ねると、彼女は頷いた。「そうか、じゃあ行こう」

ライスが言った。「行こう? でも、まだ取り調べを受けてもいないんだぜ」

「きみは、取り調べを受けたいのか?」カートライトが訊ねる。

ライスは姿勢を正した。「自分は常に、率先して取り調べを受けるのであります。いまこの場から逃げ出すというのは、いかにも自らの職分を果たしていないようでありますから……」

「もしきみが、椅子から体重を持ち上げるという職分を果たしてくれるなら」と、ジュピター。「ここを出て、どこかで夕食をとるとしよう。それと、スーツケースも持ってきたほうがいい。ここには戻ってこないから」

「戻ってこないだって?」ライスはいささか語調を強め、テーブルから身を乗り出した。「なんてこった。まさか、この期に及んで逃げ出すとは」

ジュピター、ベティ、ライスがホテルを去ると知ったワトキンズ地方検事の口からも、ライスとまったく同じ言葉が出かかった。

「きみたちを引き止める理由はこれといってないが、きみがここを離れるとは思ってもみなかった」

「じつは」ジュピターは言った。「ぼくたちは明日、ケンブリッジで結婚式を挙げることになっているんです。ですから、いますぐに食事をとり、眠らなければなりません。この同窓会の会場は明日の朝にはケンブリッジになりますから、それまでになにか思いついたことがあれば、すぐに現地で確認できますしね」

「現時点でなにか考えはないのかね？」

「あれこれ考えすぎているくらいです。あなたが夕食に出かけたら、発砲騒ぎが起こりました。ひょっとすると、ぼくがホテルを出て行くと、またなにか起こるかもしれません」

「その可能性はある。とにかく、なにか思いついたら知らせてくれ」

ジュピターはそうすると言い、三人はホテルを出た。

「やれやれ」車へ向かいながら、ベティが言った。「これでようやく殺人事件ともおさらばね。以前から同窓会ってどんな感じなのかと思っていたけれど、これでわかったわ。ジュピター、殺人事件の謎を解くことができずに残念だったわね。だけど、なるようにしかならないのよ」

「そうとも」ライスも同意する。「まあ、気にしないこった。人生には失望がつきものさ」

「それにしても、せっかくブラッグドンがマッチを折る現場を押さえたのに、犯人がオニールを撃ったのは予想外だったわね。推理小説だったら、ああいうのはフェアじゃないわ。犯人は物語の最初のほうで登場していなければならないのよ。それなのに、これじゃ警察はまた一から容疑者探しをしなくちゃならないじゃない」ベティが不満げに言った。

「まあ、そういうことになるだろうね」ジュピターが頷いた。「率直に言って、警察はきっと重大な間違いを犯すだろう」

ライスがギョッとしたように立ち止まった。「つまり、きみの頭のなかでは、なにかがカチリと噛み合ったってことかい？」

「カチリと？　それをいうなら、ぼくの脳内は電報みたいにカチカチいってるよ」ジュピターは言った。「だが、まずは腹ごしらえだ」

「ということは、わたしたちケンブリッジに戻るんじゃないのね？」ベティが訊ねた。

「いずれは戻るよ。いずれは、全員がケンブリッジに戻るんだから」

第十四章

「要するに、夢はかなわないってことなんだわ」ベティが言った。「わたしはこれまでずっと、自分の結婚式はどんなふうだろうって夢見てきたのよ。ブライダルシャワーにティーパーティ、そして結婚式前夜のパーティ。華やかな女性たちとハンサムな男性たちが、ワインを飲み、音楽やダンスを楽しむの」

「そして、ラリー・ウィンストンの新郎付添人《アッシャー》の記録がまたひとつ増える」ライスが口を挟む。「さぞかし期待はずれだったろうね、ベティ。きみはもう少し気を使ってやるべきだよ、ジョーンズ」

「少なくとも、ワインはある」みなのグラスを満たしながらジュピターが言った。「それに、自分の結婚式の新郎付添《ベストマン》代表から、式の二十四時間前に殺人容疑を晴らしてくれと頼まれるのは、ぼくのせいじゃない」

「それは到底、事実の正確な解釈とは呼べないわ」ベティが言った。「だけど、わたしは別に愚痴を言っているわけじゃないのよ。八年間もあなたの妻にしてもらおうとがんばってきたんだもの、細かいことはどうでもいいわ。とにかく、明日の正午に式に出てくれさえすれば」

「たとえ銃で脅すことになろうとも、おれが必ずこいつを出席させるよ」ライスはそう言うと、さらに一言付け加えた。「もし、そんなことをしたら人の噂になりそうだけどな」

「きみたちふたりがこういう機会を、もう少し厳粛に扱ってくれるとありがたいんだが」ジュピターが言った。「ここで乾杯の音頭をとらせてもらおう」

「今度はベティの番だよ」ライスがいった。「ぼくらはすでに三度ずつ乾杯したじゃないか。公平にいこうぜ」

「では、起立して乾杯しましょう」立ち上がりながらベティがいった。「立って、いつもわたしたちの心のよりどころとなっている場所に乾杯しましょう。このすばらしい絆を可能にしてくれた場所、フォッグ美術館（ハーバード大学に付属する美術館）に」

「ぼくならそれを事実の正確な解釈とは呼ばないな」ライスとともに立ち上がりながら、ジュピターはそうつぶやいた。

三人はサイオセット中心部にある小さなホテルで夕食をとっていた。幸いなことに、この時間のダイニングルームは空っぽだった。お互いの合意によって、コースのサラダまでは殺人の話をすることは禁じ、そのときがきたらジュピターが事件についての最新情報を教える約束になっていた。

外は暗く、開けた窓から月が見え、海からのそよ風が入ってきていた。シンシアがこの場にいないことを除いて、ベティは状況に満足していた。そのホテルは古く、オーク梁、薄暗い照明、そしてワインの効果で、例え少女時代に夢見ていたほどの祝賀ムードはなかったとしても、この夕食会も将来、とてもいい思い出になるに違いない。辛辣な言葉を発していても、ベティにはちゃんとわかっていた。ジュピターもエドもこの席にしかるべき重みを感じている。あんな忌々しい殺人事件さえ起こらなければと、ウェイトレスがテーブルを片付け、サラダを持って現れたのを見守りながら、彼女は思っていた。

ジュピターが咳払いをした。「まず始めに、今回の謎の多い出来事についてのぼくの推理を聞くため、きみたちがこれまで示してくれた忍耐に感謝する」

「正直言って、わたしとしてはそれを聞くのはもう少し先でもいいんだけど」ベティが言った。

「だれがやったのかを教えてくれれば、おれがホテルにいるワトキンズに電話してやるよ」と、ライス。

「我々の話は十年ほど前にさかのぼる」ふたりに構わず、ジュピターは口を開いた。「シャーマン・ノースが初めて、少女だったアン・リトルに惹かれたころだ。彼女は貧しかったが家柄はよく、とびきり魅力的だった。ノースは古い良家の出で、裕福で、ハーバード大の卒業生だった。ふたりは結婚し、アンは息子を産んだ。彼らは冬のあいだは街に住み、夏には海辺へ行った。夫婦はノースの母親と同居していた。ノースはまっとうな市民であり、不動産管理をし、ヨットが趣味だった」

「ひとかどの人物だな」ライスが言った。

「ノース夫妻の生活は、我々が知りうる限り、夫婦いずれかの不適切な行動によって波風が立つことはなかった。ノースは飲んだくれることもなく、賭け事もせず、浮気もしていない。アン・ノースがときおり、義母のことをいささか高圧的だと思っていたとしても、彼女がそれについて不平を洩らしていたという証拠はない。殺人事件の捜査ではこの種のことがアッという間に明らかになることを忘れないでほしいのだが、ノースの資金の扱いに不正行為などはなかった。それなのに、シャーマン・ノースは卒業十年目の同窓会で惨たらしく殺された」

「惨たらしくはないわ」ベティが異議を唱えた。「弾は心臓に命中しているんだもの」

「頭を鈍器で殴られていたんだ」ジュピターは譲らなかった。「もしかしたら拳骨でかもしれないが、なにか道具が使われたし、おそらくそれは鈍器だったろうと考えられる。先を続けよう。遺体は翌朝、サイオセットゴルフ場の十一番ティーグラウンドで見つかった。そして、クラブハウスから出発してティーグラウンドの一番上で終わっている女性の足跡がついていた。ノースの車が近くで発見されたが、決定的な証拠となるような指紋は拭き取られていた。いま、殺人へと至る前夜の出来事を振り返ってみることが必要なんだ」

「それこそおれが興味を抱いている部分だよ」ライスが言った。

「同窓会参加者のうち百人以上は、その晩の十時半までは食事をし、ワインを飲み、スピーチをしていた。その後、彼らは解散し、一部の者たちはバックギャモン、トランプ、サイコロでわずかな賭け金をめぐって勝負し、別の者たちはベランダで静かに語り合って旧交を温め、それ以外の多くの者たちはさらに酒を飲み、大声で歌を唄うためにバーへ赴いた」

「おれもそのひとりだ」ライスが言う。

「その通り。ぼくらはきみの身になにが起こったかまでは突きとめた。今度は、ノースの身になにが起こったのかを突きとめなければならないんだ。そこで、もう一度、関係者たちの証言を検討してみよう。ウィンストンは夜半少し前までバーでノースと話をしていたという。そのときに、外の空気を吸いにポーチへ出るというと、ノースがついてきた。そしてポーチに出たノースは車のなかに置き忘れた荷物のことを思い出し、駐車場へ歩いて行ったという。ふたりでポーチに腰掛けていたカートライトとブラッグドンも、ウィンストンの証言を裏付けている。この三人はポーチに三十分ほどいて、それからなかに入った。その間、ノースは戻ってこなかったというから、彼らがバーへ戻ったころには彼は死んでいたと考えられる」

「でも、この三人全員が……」ベティが言いかけたが、ジュピターは片手を上げた。

「いっぽう、他の卒業生たち、すなわち、たっぷりとアルコールを摂取していたと自ら認めているマシューズとオニールも、今夜のように月の明るい夜ならゴルフもできると考え、その考えが正しいことを証明するためにゴルフ場へ出かけて行った。彼らの証言によれば、最初のフェアウェイでずいぶんボールを失くしてしまい、一時間ほどグリーンでパットをしていたという。それからふたりはホテルに戻った。このあいだに、オニールは年齢二十五歳くらいで悪くない容姿の女性から電話を受けた。この女性は翌朝も彼に電話をかけてきており、オニールによれば、彼女に好意を抱かれているものの、自分にはまったくその気はなく、しかしながら嫉妬深い夫の怒りが及ばないようにしてやりたいという」

「驚いた。あなたって本当に説明がうまいのね。時々、あなたの講義を受けたいくらいだわ」

「それから例の俳優、ブラウンだが、彼は夜の十二時少し前に通用口からホテルを出るところを見られている。当初、彼はその主張を否定したが、やがて、あの行為はデリカシーの観点からいまここで繰り返すのは差し控えたい理由によるものだったと説明した。というわけで、ここまでの話について確認してみよう。状況を逆順に見てゆくと、まずはブラウンのことがある。先に報告したとおり、急ぎの調査では彼の話の裏付けは取れなかった。マシューズとオニールはゴルフボールをなくしたといったが、そのゴルフボールは見つかっていない。ウィンストン、カートライト、ブラッグドンはお互いのアリバイを証言しているが、もしも、そのうちのひとりが嘘をいっているようなことがあれば、必然的に他のふたりも同様ということになりそうだ。また、ブラッグドンがマッチを折る癖があることはぼくら全員の知るところだが、ノースの車の後部座席では折れたマッチが見つかっている。というわけで諸君、ここに挙げた者たちは全員、事実の捏造をしている可能性が高い」

ジュピターは喉を潤すためにグラスに入ったワインを飲み干した。

「ただし、先のメンバーのだれひとりとして、この十年間、ノースや彼の妻と関わりがあった事実は認められていないということは付け加えておくべきだろう」

「さらに」と、ベティ。「オニールを除く全員が、何者かがオニールを殺そうとしたときに、わたしたちと一緒にテーブルに着いていた」

ジュピターが頷く。「そして、オニールが命を狙われる理由には心当たりがないと言っている以上、ぼくはある直截な結論を導き出さざるを得ない」

「と言うと?」ライスが訊ねた。

「だれかわからないひとり、または複数の人物を庇うために協力体制が取られている」

「足跡をつける女だな」ライスの言い方は芝居がかっていた。

「どんな女でも足跡はつける」と、ジュピター。「とはいえ、その可能性もある。ぼくの仮説を聞いてくれるかい?」

「あなたが、ノースを殺した犯人がだれかを教えてくれるならね」

「おそらく、アン・ノースは夫を愛していなかったのではないかと思う。さらに、ぼくらには未知の理由によって、彼女が夫を殺したがっていたとする。彼女は車でホテルに来ると、外で夫に話しかけるチャンスを伺っていた。そして、ノースがウィンストンとともに外に出てきたとき、彼女は夫に声をかけ、ノースは妻と一緒に駐車場へ向かった。ふたりは十一番ティーグラウンドまで車で行き、車から降りた。彼女は夫の頭を殴ってから銃を撃ち、そして、ゴルフ場を横切って自分の車に戻り、自宅へ帰った。そのときに彼女は、ブラッグドン、カートライト、ウィンストンに姿を見られ、ゴルフ場を歩いているところをオニールとマシューズに見つかった。また、外をうろうろしていたときに、ブラウンにも姿を見られていた。殺人が発覚したとき、彼ら全員は彼女の姿をこのあたりで見かけたと口にしないことで、彼女を守ろうと決心したのだ」

ジュピターが話し終えるころには、ベティもライスもぶつぶつ言っていた。

「ずいぶん無理があるわね」ベティが言った。「だったら、彼女はゴルフ場を後ろ向きに歩いて横切り、その足跡をティーグラウンドに向かったように見せかけたんでしょうね」

「ひょっとすると、外にいるあいだ、ブラッグドンが彼女にマッチを渡し、車の後部座席に記念に置いてくるようにと言ったのかもしれない」ライスが意見を口にした。

「そうしておいてから、彼女は今夜、再びホテルにやってきてオニールを撃ち、当のオニールは彼女を庇っているということよね」ベティは言った。「少し飲みすぎたみたいね、ダーリン」

ジュピターはふたりにお辞儀をした。「きみたちは、ぼくの話をしっかりと理解してくれているようだね。きみたちがちゃんと注意深く聞いてくれているかどうか、ささやかなテストをさせてもらったのさ」ふたりからじろりと睨まれ、ジュピターは慌てて続けた。「あとは、この件における正解に到達するためには、すでに発生しているこれら無数の相反する疑問をすべて解き明かしてくれる答えを見つけなければならないという事実を印象づけようとしていたんだ。そしていまのところ、ぼく自身そのような答えは見つけられていない」

「だけど、あなたホテルで、さもわかったように……」

「警察はこれ以上、同窓会参加者から新たな容疑者を探す必要はないと思うと言っただけさ」ジュピターは弁明した。「言い換えれば、きみが指摘するように、犯人はすでにぼくらの前に姿を現しているんだ」

「なんてこった。どんどん推理小説っぽくなってくるな。我々はすでに犯人と面識がある、そして頭のなかでカチリと歯車が嚙み合った主人公は、最後のシーンまで真実を我々に隠しておこうとしている」ライスが言った。

「そんなのだめよ」ベティがぴしゃりと言った。「だれが犯人なのかわかっているなら、いますぐ、わたしたちに教えてちょうだい」

「だれが犯人なのかはわからない」

「でも、あなたはなにか重要なことをつかんでいるんだわ。さあ話して、わたしたち辛抱強く聞いているわよ」

「この事件はなにかがおかしいんだ。そもそも、この同窓会の参加者以外にオニールが自分の部屋にいることなどわかると思うか?」

「わかりっこないわ」

「その通り。だが、すべての——重要参考人と呼ばせてもらうことにする——は銃が発射されたときに、ぼくらと同じテーブルについていた」

「そうだ」ライスが頷いた。

「では、だれがオニールを撃ったかが問題になる」

「了解。続けて」ベティが言った。

ジュピターは微笑んだ。「きみたちから楽しみを奪うつもりはないけれど、ひとつヒントをあげよう。ある重大な誤りがあるんだが、その誤りはロビーにいただれでも気づくことができる。ごくささやかな誤りだが、見過ごすことのできない意味が隠されていると思うんだ」

「なるほど。いったい、それはなんなの？」

「服装に関する誤りだよ。身支度上の矛盾という些末な事柄さ」

第十五章

三人がホテルを出たのは十時だった。ベティとライスは、これ以上ジュピターから情報を引き出そうとするのを諦め、ノース殺しの犯人が何者であるかはまだわからないと誓わせようとしていた。

「わたしたち、この人のご機嫌取りをしなくちゃならないんでしょうね」ベティは言った。「なにしろ、夕食代は彼が払ってくれたんだし」

「もしも、きみたちがなにかについて考えたいというのなら」ジュピターが言った。「ノース殺しの動機、足跡のわけ、そしてホテルにいる例のメンバーのアリバイが弱い理由を思いついたら、教えてくれ。これらの懸案事項が片付いたあかつきには、腹を割って話し合うとしよう」

車のなかで、ライスが言った。「これからどこへ行くんだ?」

「月明かりのなかでゴルフができるかどうか実地検証するためにゴルフ場へ戻る」

ジュピターは町なかを抜け、大通りをゴルフ場へと向かい、それから十一番ホールのティーグラウンドへと続く側道沿いに車を止めた。ジュピターはグローブボックスからゴルフボールをひとつ取り出すと車から降りた。道路沿いには、両側を松並木にはさまれる格好でフェアウェイが広がっている。月はすでに最上昇点を過ぎていたが、ジュピターには百ヤード先の、グリーンを縁取っているバンカーの砂地が見えた。彼はフェアウェイに立つと、旗《ピンフラッグ》を目がけて思いっきりボールを投げた。そのゴルフボールは空のなかに見えなくなったかと思うと、一瞬後、林を背景にして月の光を受けて落ちてきた。彼はボールが落下したと思われる場所に見当をつけると、ゴルフ場から出て行った。

車に戻ってからライスが言った。「ベティ、こんなことを言うのは気が進まないんだが、こいつ様子がおかしいと思わないかい？」

「別に心配することはないと思うわ。この人は昔からゲームが好きなのよ」

ゴルフボールのあとを追いながら、ジュピター自身にもちょっとした疑問が生じていた。このテストが、いったい何の証明になるというのか。それはただ、自らの良心の呵責を紛らわすものに過ぎない。言うまでもなく、大きな葛藤は、もはや自分とはなんの関わりもないことになぜいまだに心悩ませているのかということだった。シャーマン・ノースは自分とは無関係の人物であったし、彼が殺された事件は警察の管轄だ。自分の犯罪に対する興味は問題の解決だけであって、正義や罰とは関係ない。とはいえ、あいにくなことに直接、事件に介入することなく探偵としてのエゴを満足させてくれるような解答を手に入れるのは、もはや不可能そうだということが明らかになりつつある。幸か不幸か、運のおかげで警察が知りえない情報を手に入れており、自分がそうしようと思えば、ずっとこの状態でいることもできる。要するに、自分は次の三つのうちどの行動を取るか選ばなければならない。つまり、ケンブリッジに戻って事件からは完全に手を引くか、ワトキンズ地方検事のところに行って知っていることを残らず打ち明けるか、あるいはどんな結果になろうと独自の調査を続けるか。たいていの人間の行動がそうであるように、これらのどれを選んでも他人に影響が及ぶ。もともと気立てのよい娘であるにもかかわらず、ベティが家に帰りたがっていること、そして、もうすぐ夫になる身としてはなるべく早く彼女を帰らせてやるのが自分の義務だということはわかっていた。だが、殺人事件から完全に手を引くという案は気乗りしないだけでなく、のちのち面倒に巻き込まれることになるかもしれない。ジョンソンの店で衝動的にアン・ノースに入れ知恵をしたせいで、すべてを警察に話すか、さもなければ犯人を見つけ出すまで調査を続けざるを得ない立場に自らを追い込んでしまった。そして、いまワトキンズのもとに行く気になれないのは、はっきりした理由はないが、あいかわらずかきたてられてしまうアンへの庇護本能のせいだった。このわけのわからない事件でひとつ確信できるのは、自分以外の者たちはだれかを庇っているということだ。もしも彼らが庇っているのがアンだとしたら、自分自身の手によってでも、あるいは警察との連携によってでも、彼女を晒し者にしたくはなかった。わずか一度しか会ったことのない女性に対してそんな気持ちを抱くなんて理屈に合わないとは承知していながら、それはどうすることもできなかった。自分がどの道を選ぶべきか決めかねているのも、そのせいだったのだ。

ゴルフボールの落下地点と思しき場所に近づきながら、月光の欺瞞は女性美をより魅惑的に見せるだけではない、とジュピターは思った。一、二フィート以内の距離なら芝生のなかのボールは見えるのだが、それ以上になると見えなくなる。芝生上の旗《ピンフラッグ》はすぐ近くに見えたのに、それに向かって歩き出すと実際の距離に驚かされた。ラフでボールを探した際にも同じ経験をしたことがあるが、月光の下でのゴルフが人気を博することはないだろう。この実験は、案の定、なんの証明にもならなかった。マシューズとオニールもゴルフをしようとして、同じ経験をしたのかもしれない。彼らのなくしたボールについての先の考察も、結論が出ないままだった。

「ぼくはどんどん迷宮に入りこんでいるらしい」彼はそうつぶやくと、ボールを拾い上げた。

なにもかもわからないことだらけだった。動機はなく、ゴルフ場から引き返す女の足跡もなく、ブラッグドンの折れたマッチにしても、オニールへの銃撃についてもわけがわからない。最後の謎だけは一応見当がついていたが、それが全体にどのように関わっているのだろう。昨夜、この場所でなにが起こったのか。ノースの車はコース沿いの道をやってきたはずだ。ゴルフ場ではふたりの男がプレー中で、女がひとり十一番ホールのティーグラウンドに歩いてくる。彼ら全員は顔を合わせたのか。銃声は聞いたのだろうか。森のなかのバラックに住むあの老人は銃声を聞いていた。彼が言っていたのは……。

「そうか」ジュピターはそう言うと、急いで車に戻った。

結局のところ、ジュピターの頭の奥のほうにはある重要な情報が収納されていたのだ。これまでは気づかずにいたが、ここへきてそれがカチリと音を立てたのである。彼はライスがホテルで言っていたことを思い出すと笑いだした。確かに本物の推理小説らしくなってきた。探偵がこのパズルを解き明かす重要な鍵となるかもしれない、ちょっとした出来事、秘密を明かすフレーズを思い出したのだ。

「すべてが一気に頭に浮かんでよかった」ジュピターが言った。「ぼくは、探偵が気づかずに通り過ぎてしまっていることを思いだそうとし続けるような物語が大嫌いだからな」

車に着くと、ライスが訊ねた。「首尾はどうだい？」

「六フィートのバーディパットを外した」ジュピターは車に乗りこむと、車をスタートさせた。「ベティ、きみは会話の断片をどんなふうに覚えている？」

「それは会話の内容によるわ。自分の会心のコメントはいつも忘れないわね」

「今朝、森で会った友人との会話はどうだい——昨夜、銃声を聞いたことについて彼がなんと言ったか、一字一句、正確に思い出せるかい？」

「ええと、銃声が一度、聞こえたほかは静かな夜だった、と言っていたんじゃなかった?」

「まさにその点について考えているんだ」ジュピターが言った。「あのときは、ぼくもそう思っていたんだけど、いま考えてみると、彼は夜に若干の銃声が聞こえたと言ったような気がするんだ。『若干の銃声』と言うのは銃声は一度じゃなかったという意味だろう。思い出したかい?」

「だけど、銃声はあくまでも一回だったはずじゃない」

「そうかもしれない。だけど、ぼくは時間に気を取られていたから、彼の言葉使いについては注意を払っていなかったんだ。だが、彼が『若干の銃声』といったのは間違いない。いずれにせよ、それを突き止める簡単なやりかたがある。伝達における基本ルールのひとつだ。つまり、なにかを突き止めたいと思ったら、それを聞かせてくれる人のところに行って訊ねるのさ」

「だが、たいていのルールがそうであるように、あまり有効ではない」ライスが言った。「例えば、有名なナポレオンの拒絶に対するジョゼフィーヌの反応について知りたかったらどうすればいいんだ?　自殺するのかい?」

「屁理屈はいいから」ジュピターはそう言うと、バラックへ続く森のなかの砂利道に入った。

「我々はオニールへの銃撃騒ぎについて話していて、それに対する答えは服装と関係しているときみは言う。それは服のスタイルと関わりがあるということなのか、それとも服の着方と関わりがあるということなのか、聞かせてもらえるかな?」ライスは言った。

「服の着方だよ」ジュピターが答える。

「ほらね」ライスがベティに言った。「以前のまま、少しも答えに近づいていない」

「諦めずにがんばれ」ジュピターはそう言うと、空き地の端に車を止めた。バラックの小さな窓からは薄明かりが漏れている。「彼が起きていてくれてよかった。すぐに済むよ」

「なんだか心配だわ」ベティが神経質そうに言った。「彼はあなたのことを、工場に損害を与えにやってきた空き巣ねらいだと思うかもしれないわ」

「彼は相手がだれでもミスター・フリーマンだと思い込むんだよ」と、ジュピター。「心配ない。もしも必要があれば、助けを呼ぶから」

「どういう種類の助けが必要になるのかはっきりさせてくれ」ライスが言った。「もしもそいつが危険な武器を手にきみに襲いかかるようなら、助けなんか呼んだところでどうにもならない。警察はここから何マイルも離れたところにいるんだからな」

「肝に銘じておくよ」ジュピターはそう言うと、車から降りた。

バラックに近づくにつれ、ジュピターの落ち着かない気持ちは募った。彼もライスと同じく、狂気に対して素人ならではの不安感を抱いていたし、昨夜、ミスター・スティーヴンズがあの夜警の老人は人畜無害だと断言していたからと言って、真夜中に彼と会って話を聞くという計画はあまり魅力的とは言えなかった。そこで彼はドアをノックする前に、窓からなかを覗いてみることにした。

一重のガラス窓は砂埃で薄汚れていたが、逆さにした荷造り用の箱の上に乗せられた石油ランプの明かりで、隅に小さな薪ストーブ、整えられていないベッド、そして窓を背にして夜警の老人が腰掛けているのが見えた。彼は膝の上でせっせと手を動かしており、ジュピターは目を凝らしながら、急速に勇気が萎えるのを自覚しながら、彼が斧を研いでいるのに気がついた。

第十六章

人間、自分の行動を悔いることはよくあるが、自分の評判を悔いることは滅多にないのではなかろうか。前の晩に飲みすぎたことを朝になって激しく後悔するというのがジュピターの常であったが、地元の人間に素人探偵として知られていることをはっきりと後悔したのはこれが初めてだった。車に戻って、膝の上で斧を抱えているいかれた老人のいる小屋にわざわざ入って話をするなんてまっぴらだ、と言うことができるのはわかっていた。ベティはわかってくれるどころか逆に喜ぶだろうし、ライスがそれなら自分が代わりに行ってくると言い出さないことも確実だった。いっぽうで、人間の全行動のみならず、馬鹿げた行いをもつかさどるささやかなエゴの問題もある。彼は自らのエゴが傷つくのと、斧によって自分の身が傷つく可能性をはかりにかけた結果、すでにカクテルやワインを摂取していたそのはかりは、自らの評判を守るほうに傾いたのだった。

ジュピターはドアに歩み寄ると、なかにいる不安定な男を驚かさないよう、ミスター・フリーマンらしい重々しいノックを試みた。

「もし、そんなノックができるなら、すごい芸当だけどな」

なかから足をひきずるような音が聞こえ、おもむろに六インチほどドアが開いた。ジュピターは老人の顔の傷を忘れており、思わず二、三歩、あとじさった。

「やあ、こんばんは」無理に笑顔を作って、ジュピターは挨拶をした。「ミスター・フリーマンだ」

相手は闇のなかに目を凝らすと、しばらくして言った。「明るいほうに来てくれ」

ジュピターは光のさすほうへずれると、待った。相手は片手に斧をぶらさげており、いきなりにんまりと笑った。「ミスター・フリーマン、あなたでしたか。どうぞお入りください」

ジュピターはごくりと唾を飲み込むと、バラックへ足を踏み入れた。

「なかに入れる前にあなただってことを確認しなくちゃならないんでね、ミスター・フリーマン。物騒な世の中ですから」

「むろんだよ」と、ジュピター。彼は落ち着かない気持ちでドアのそばに立っている。だれのことでもミスター・フリーマンと呼ぶが、訪れる者を明るいところで確認しなければならない男が、どんなことをするのか予測がつかないからだ。

「おかけください、ミスター・フリーマン。どうぞ、お楽に」

確か名前はトムだったと思い出したときにその老人から部屋にある唯一の椅子を指差されたが、ジュピターはドアに近いベッドの端に座らせてもらうことにした。

「今夜は静かだな、トム」ジュピターは誠実そうに聞こえるように心がけながら、そう話しかけた。

トムは腰を下ろすと、斧を膝の上に乗せた。「わしが目を光らせているときは、たいてい静かですよ」

彼はどれくらい前のことまで覚えていられるのだろう、とジュピターは考えた。もし昨夜のことを覚えていなければ、わざわざここに来た意味はなくなる。

老人は親指で斧の刃を触りながら、ジュピターに向かってにんまりと笑った。「剃刀みたいに鋭いでしょう？　人間の頭だって、もともとついてなかったみたいにすっぱり落とせますよ」

暖かい夜だったが、ジュピターは背筋に冷たい息を吹きかけられたような気がした。突然、吹き込んできた風にランプの火が揺らぎ、木の枝が小屋の屋根にこすれる音が不気味に聞こえた。なんていかした結婚前夜の過ごしかただろう。

「ちょうど、男が斧で人を殺すところを読んでいたんですよ」トムはそう言うと、さっと立ち上がった。ジュピターはベッドの端に腰掛けたまま思わず身構えたが、トムは荷造り用の箱のところに行くと、雑誌を手にして戻ってきた。そしてもうぼろぼろになったページをめくって、お目当ての場所を開くと、こちらに突き出した。それは安手の探偵雑誌で、ちらりと見たところによると、血だまりのなかに頭部のない死体の挿絵が入っているようだった。

「なるほど、見事に切れてる」ジュピターは応じ、トムは愉快そうにかぶりを振りながら自分の椅子に戻った。

少なくとも、会話の内容としては正しい方向に進みつつあるとジュピターは思った。「トム、わたしが会いに来たのは、昨日の晩、この辺りでちょっとした騒ぎがあったと聞いたからなんだ」

トムは雑誌から目を上げると、頭をかいた。「昨日の晩は騒ぎなんてありませんでしたよ、ミスター・フリーマン」

「ある人に若干の銃声が聞こえたと教えてもらったんだよ」

「若干の銃声？」トムは天井を見上げ、一生懸命、思い出そうとしているようだった。「ああ、そうでしたね。昨日の晩は若干の銃声が聞こえましたよ。ずっと遠くのほうで」

ジュピターにはトムが「ミスター・フリーマン」を喜ばせようとして、そう言っているのかどうかわからなかったが、熱心に身を乗り出した。「銃声は何発だったのかね、トム」

「たくさんです」

たくさんだって？　なんてこった。「何発だった？」

こちらを振り返ったトムは怯えた顔をしていた。「わしはなにかしくじりましたか、ミスター・フリーマン？」

「いいや、トム。きみの仕事ぶりに問題はない。銃声が何発だったか思い出せるかい？　二、三発かな？」

老人は苦しげに顔を歪めた。「どうも、うまく物事が思い出せないときがあるんです」

「だれにでも物忘れはある」ジュピターは慌てて言った。「三発以上だったかい？」

「六発です」彼は急に確信に満ちた様子で答えた。「数えたんです、時計みたいに。わしは鐘の音も数えるんですよ」

ジュピターはトムの言葉を信じるべきか否か、わからなかった。この老人は頭がおかしいが、実際にそれだけの回数、銃声がしたのでなかったら六発と断言する理由もないはずだ。昨夜は少なくとも一度の銃声があったのは確実で、トムにそれが聞こえたことは間違いない。

「六発というのは確かかい？　もし続けざまに鳴ったのだったら、別々のものとして数えるのも難しかったかもしれない。ひょっとしたら二、三発ってところだったのに、それ以上に聞こえたということだってあるかもしれないし」

「そんなことはないです、ミスター・フリーマン。ちゃんと数えましたから。続けざまに鳴ったわけじゃない。時計の鐘の音よりも間隔がありました」

もし、この男がぼくをからかっているのだとしたら——いや、そんなはずはない。この男は頭がおかしいのだ。「どれくらいの間隔があいていたのかね、トム」

「ミスター・フリーマン、そんなこと言われても、これくらい、なんて言えません」

再び怯えたような顔つきになった老人を見て、この男の脳みそにどれだけ負荷をかけるべきかと考えたが、もしこの六発という数字が正しいのだとしたら、それが調査にどういう影響を及ぼすのかについてはまだ思い至っていなかった。「なあトム、こういうのはどうだい。わたしが最初の銃声の代わりにバンというから、次の銃声がしたくらいの時間が経ってからこれくらい、と教えてほしいんだ。わかったかい？」

トムは頷いた。

「では行くぞ、バン！」

ジュピターは自分の腕時計を見つめながら待った。トムは再び斧を手に取り、柄をしっかりと握りしめている。

「いまぐらいです」

九秒間。たいていの人間は時間を見積もるときに、実際より速くカウントする傾向があることは知っていたが、この老人が実際より速いのか遅いのかを判断するすべはなかった。

「ありがとう、トム。わたしが知りたかったのはそれだけだ」

立ち上がったジュピターは、トムが斧を振り上げたのには気づかなかった。彼に聞こえたのは斧が頭をかすめる音と、それが壁に食い込むドサッという音だけだった。

正確に計測して四秒間、動くことができずにその場に立ち尽くしていると、老人がカラカラと笑う声が聞こえてきた。

この場面を最大級の悪夢として心に刻むための最後の仕上げが、この笑い声だった。ヒステリックというのとは少し違ったが、これまで不幸にして聞かされる羽目になったなによりも常軌を逸した、甲高く耳障りな笑い声がいつまでも続いた。

ジュピターは横向きにぐるっと回ると、ドアに手を伸ばした。だが、抗いがたい好奇心に足が止まり、老人を振り返った。片手を口に当て、もういっぽうの手で腿を叩きながら、彼は二つに折れそうなくらい腰を曲げていた。

「いやあ、ミスター・フリーマン！」老人は咳き込みながら言った。「脅かすつもりはなかったんですが、あなたの驚いた顔といったら！」

ジュピターは恐ろしさに口をきくことができず、黙っていた。

「わしはただ、あなたにお見せしたかったんです」始まったときと同じくらい唐突に笑うのをやめ、トムは言った。「もしだれかが工場のまわりをうろついていたら、わしがどうしてやるかってことをね」

この男に自分を殺すつもりはなかったということが徐々にわかってきたが、すでにミスター・フリーマンを演じるのにも、この夜警の老人にもうんざりしていた。「きみはすばらしい男だよ、トム」彼はそう言うと、車に逃げ戻った。

ベティの隣の席に滑り込み、ライトをつけ、エンジンをかけた。「グローブボックスに半パイントのウイスキーが入っている。だれかそのボトルを取り出して、キャップを外し、しかるべき角度でぼくの口に当ててくれ」

第十七章

ジュピターはウイスキーのボトルをベティに返した。「探偵稼業の楽しいところは、こういう刺激的な人々に会えるところさ」

「例のオニールへの発砲の件だけど」ライスが言った。「もしもそれが服の着方の問題だったなら……」

「黙って」ベティが口を挟む。「なにがあったの、ジュピター？」

「じつは」ジュピターは話し始めた。「例のトムじいさんは、若い頃、それは有能な夜警だったに違いないよ」

彼はさっきの出来事を詳しく語り、例の斧が壁にささった件《くだり》も省いたりはしなかった。

「普段はこんなことしないんだけど」ベティが、ウィスキーのボトルを口元に持っていきながら言った。「両手が震えてしまって」

「どうぞお先に」と、ライスが言った。

ベティはボトルをライスに渡すと、ジュピターに体を寄せた。「もう、わたしのそばから離れないで」

「たいしたことないじゃないか。確かに危機一髪だったかもしれないが、だれだっていつかは死ぬんだから」ライスが言う。

「それ、徴兵事務所の係官が言うセリフだわ」ベティはそう言って身震いした。

「で、昨夜はなにがあったわけ?」ライスが訊ねた。「射撃訓練かい?」

ジュピターは側道に入ったところで車を止めた。

「ミスター・アンソニー（ラジオ人生相談のホスト役と思われるが詳細不明）役をやりたい人は?」

「おれがやる」ライスが二つ返事で言った。「それで、どんなお悩みかな?」

「きみがあの番組を聴いているとは知らなかったよ」ジュピターが言った。

「漫画家たるもの、最新情報に通じていなくちゃならないんだ。さあ、きみの悩みをどうぞ」

「ミスター・アンソニー、ぼくは明日、結婚するんですが、どうしたらいいかわからなくて」

「その女性とは長いつきあいなのかな?」

「もう八年ほどになります」

「ふむ、どうぞ続けて」

「あの、じつは、ある殺人事件の捜査に関わっているんですが、警察に行って自分が知っていることを残らず話すべきかどうか迷っているんです。もし、そうしたら、さまざまな問題を引き起こしてしまうかもしれなくて」

「きみのつかんでいる情報が、事件解決につながると思うのかい?」

「全員が無傷で済むことはありえません。しかも問題は、それによってだれが傷つくのかわからないことです。ミスター・アンソニー、事件の全貌を突き止めるまでぼくはこのまま調査を続けるべきでしょうか?」

「それで、こうしたことは結婚相手の女性にどのような影響を与えているのかな?」

「彼女を深夜まで付き合わせることになるかもしれません」

「だったらきみへのアドバイスは、馬鹿馬鹿しいほど簡単だ。愛する女性のところへ行き、悩みを打ち明けるんだ。断言するが、もしも彼女が神聖なる夫婦の契りを交わすのにふさわしい人ならば、きっとどうしたらいいか教えてくれるだろう」

「ありがとうございます、ミスター・アンソニー」

「次の方、どうぞ」

「どれくらい遅くなりそうなの?」ベティが諦めたように言った。

「それは場合による。いまは十一時だ。そして、ここからキャトゥニットまでは二十マイルある」ジュピターが言った。

「帰り道の途中にあるのよね?」

「ああ、帰り道の途中だ」

「じゃあ、出発しましょ」

ノース家での用事が首尾よくいけば、再びサイオセットに引き返さなければならないということは黙ったまま、ジュピターは車を出した。一度にひとつずつやるしかない、彼はそう自分に言い聞かせた。

「じゃあ今度は」ライスが口を挟んだ。「複数の発砲についての考えを聞かせてもらいたいんだが」

「まだ疑いの域を出ない部分も包み隠さず話して」ベティも言った。「個人的には、林のなかのお友だちはあなたが考えている以上に頭がおかしいと思うわ。遺体に銃弾はひとつしかなかったのよ。他の銃声はなんだというの?」

「なんにせよ、この事件に関してはゼロからスタートするしかない」ジュピターが正直に言った。「彼が作り話をしているのか、そうでないのかわからない。ぼくには、彼が真実を語るべき理由も思いつかないかわりに、なぜ一発以上の銃声が聞こえるのかもさっぱりわからないんだ」

「異常な殺人事件というパズルのもうひとつの奇妙なピースというわけか。ひょっとしたら犯人は、犠牲者の足元に次々と銃をぶっ放して、相手を無理やり飛んだりはねたりさせたのかもな」

「確かにそういう可能性もゼロではない」ジュピターが頷いた。「唯一の問題は、殺害されたときにノースは意識を失っていたのではないかと考えられていることだ。また、彼は至近距離から撃たれている。つまり、弾が当たらない可能性はまずない」

「もしかしたら犯人は彼を殺し、その後、気持ちが昂ぶって残りの銃弾を撃ったんじゃないかしら」ベティが考え込むように言った。「殺すという行為に興奮を感じる人間は少なくないと読んだことがあるわ」

「今後は、きみの読書によく気をつけていよう」ジュピターは言った。「いや、ぼくは犯人が目的もなく銃をぶっ放したとは思えないんだ。そんなことをすれば、無用の危険を冒すことになる。犯人は……あっ、そうか!」

ある考えが閃いて、ジュピターは口をつぐんだ。

「余計なことを言わないようにしよう」ライスが囁いた。「どうやら、先生がまたなにか思いついたらしい」

「なぜノースはわざわざゴルフ場で殺されたのか。銃声を聞きつけられ、逃げるのを邪魔されないようにと言う犯人の用心だ。これは考えられる。よくあるケースだ。しかし、実際には複数回の銃声がしていた。でも撃たれたのは一度きりだったように見えたし、犯人はそう見せかけることを望んだ。よって、ゴルフ場という人気のない場所を選んだんだ」

「それで?」ライスが先を促す。

「ということは、複数回の銃声がしたのには確固たる理由があったということになる。その理由を突き止めれば、おのずと謎は解ける」

「すばらしい」ライスはそう言うと、ベティを突ついた。「これで我々は多少なりとも答えに近づいたのかい?」

「イエスであり、ノーでもあるわ。つまりそれは、あらかじめ計画された犯行だったってこと。だけど、わたしにはまだそこまでしかわからないわ」

「ぼくも同じさ」ジュピターは言った。

三人は水上の月を眺めながら、しばらく無言のままドライブを続けた。ウイスキー入りのボトルは回し飲みをしているうちに空になり、みな心地よくくつろいだ雰囲気になった。ベティが鼻歌を歌っているのを聞いて、ジュピターはかすかな罪悪感とともにそれが『帰郷』だと気がついた。

しばらくして、ライスが言った。「おれはどうしてもオニールの服の件が気になってしょうがない。それがイヴニングウェアと関係があるのは確かだけど、みんなちゃんと正装していたよな?」

「ああ」

「それでも、ディナー用の服装になにかひっかかるところがあったんだろう?」

「そうだ。それで、いくつ質問をするつもりかな?」

「八ドルの問題に挑戦します。それは、ディナージャケットですか？」

「ええまあ、そうとも言えます。先を続けますか？」

「黒いジャケットか、それとも白だったかは関係ある？」ベティが訊ねた。

「ありません。はい、失格。ご自分の席へお戻りください」

「オニールはロビーに下りてきたとき、タイをしていなかった。それは覚えてるんだ」ライスが言った。

「その点は忘れないほうがいいでしょう」

「そのことがなにかに関係していると言うの？」ベティが姿勢を正しながら、そう言った。

「なにかどころか、関係おおありだよ」

ライスが口笛を吹いた。「なあ、もしもオニールがタイをしていなかったということから、だれが彼に発砲したかがわかったのなら、おれはこれまできみのことを誤解していたよ」

「些細な点が重要なんだ」ジュピターは事もなげに言う。

「でも、だれがオニールに発砲したかがわかっているのなら、だれがノースを殺したのかもわかっているんでしょう」ベティが文句を言った。「さっきはだれがノースを殺したかわからないと言っていたじゃない」

「それはいまもわからないんだ。だれがオニールに発砲したかと言うことと、ノース殺しの犯人を突き止めることは必ずしも同一線上にはないんだよ」

「だけど、警察は壁から銃弾を取り出すと言っていたし、それでその銃弾が同じ銃から発射されたものかどうかも調べられるじゃない」

「ああ、それなら同じ銃から発射されたものさ。それは自信を持って言える」

ベティがうんざりしたように「フンッ」と言った。「わたし、もうこのゲームには飽き飽きしてきたわ。いいかげん、知っていることをわたしたちにも教えてくれたらどう?」

「そうしたいのはやまやまだが、ぼくだってなにかひとつぐらいは最後の種明かしのためにとっておかなきゃならないんだよ」

「まったく頑固なんだから」ベティはため息をついた。「こうなってしまったら、なにを言っても無駄ね」

ノース邸までの残りの道中、みなは殺人の話題を避けた。ライスが物語や歌で楽しませてくれたので、ジュピターは自分の考えに集中することができた。

家へと続く私道に乗り入れるかわりに、ジュピターは入り口のところに車を止め、エンジンを切った。

「家を訪ねるほど、彼らのことをよく知っているのなら」ベティが言った。「車で入っていっても、問題ないと思うわ」

「いや、これは必ずしも訪問じゃないんだ」車から下りながら、ジュピターは言った。「どちらかといえば、こそ泥に入ると呼ぶ方が近い」

ジュピターはベティに口を挟む隙を与えずに歩き去った。

彼には、ノース家の者たちはみな就寝中だろうという読みがあった。もうすぐ夜中の十二時になろうという時間だし、つらいとしか言いようがない一日を過ごしたはずだから、計画はうまくいくに違いない。ノース邸に辿り着いたとき、ジュピターは自分の予想が正しかったことを確信した。二階の一室からはまだ光が漏れていたが、一階は真っ暗である。木の陰に身を潜めながら、家の外側を回って居間のほうへと向かった。居間の奥にフランス扉があったのを覚えており、夜間であってもとりたてて鍵はかかっていないだろうと踏んでいたのだ。

フランス扉の前にはテラスがあり、そこからどうやって入ろうかと考えていたときに背後で足音が聞こえ、人の手が自分の腕に触れた。彼の心臓は、トムが斧を振り下ろした直後と同じ状況を再現した。だが、現れたのはベティだった。

「あなたの行くところにわたしもついて行くわ」彼女は囁いた。「どこまでも一緒よ」

「わかった」ジュピターは平常心に戻ってそう答えた。「だけど、きみに細かいことまでいちいち説明できるとは限らないよ」

「そんなの平気よ」彼女は優しく言った。「なにをするのか知らないけれど、さっさと済ませてしまいましょう」

ベティとともにテラスに足を踏み入れると、フランス扉のひとつが少し開いていたのは嬉しい驚きだった。

「あっけないほど簡単だな」彼はそうつぶやき、ふたりはなかに入った。

これまでに散々、話題にのぼった月明かりは、ジュピターが室内のものを判別するのに十分だった。彼はピアノに歩み寄り、今日の午後に目を留めた少女の写真を手に取った。彼の計画はその写真を持ってサイオセットの食堂へ行き、夜番の料理人ジョージに見せて、昨夜、オニールに電話をかけているところを見たのと同じ娘かどうか確かめる予定だった。これはアンの妹の写真に違いなく、まったくのヤマ勘ながら、きっとジョージから裏付けをもらえるだろうと確信していた。

ベティはジュピターの肩越しにその写真を見て息を呑んだ。「きれいな女の子の写真を手に入れるためにこの家に忍び込んだってこと？　あなたったら、女に飢えてるの？」

彼は「シーッ」とベティを黙らせると、ひとりの女が海岸のほうから芝生を横切ってやってくるのを見て、家から出ようとした。

とっさに、扉が開いているのを見つけたとき、こういうことを疑ってみるべきだったと思ったが、自己批判に耽っている暇はなかった。ジュピターはベティの腕をつかむと、さっとピアノの裏に引っ張り込んだ。ベティも女の姿に気づいており、「ああ、どうしよう。ああ、どうしよう」とつぶやいている。

女はアン・ノースで、ナイトガウンの上から薄手のオーバーコートを羽織っていた。彼女は片手を扉にかけてふと立ち止まると、海のほうを振り返った。ふたりのところからは彼女の横顔がはっきりと見え、ジュピターは絶体絶命の危機に心臓が早鐘のように鳴っているにもかかわらず、なんともあたたかな共感がこみあげてくるのを感じていた。彼女の頭部は扉をバックにやわらかな弧を描いており、その顔には読み取ることの難しい表情が浮かんでいた。それはこういう場合にありそうな悲しみや決意ではなく、安らぎであり、幸福ですらあった。

彼女は三十秒ほどその場に立ちつくしており、それから急いでなかに入ると扉を閉めた。ジュピターは隣でベティが震えているのを感じ、彼女の腕をつかんでいる手に力を込めた。しかし、アンは明かりをつけることなく部屋を横切り、急いで階段を上ってゆく足音が聞こえた。

ベティは安堵のため息を洩らしたが、ジュピターは動かなかった。扉のところに立っていたアンの姿を、自分はけっして忘れないだろう。それはベティへの愛とはまったく無関係ながら、ベティに説明できる類の感情ではないことはわかっていた。あの瞬間、アン・ノースは実在しない理想の女性、夢の女性の象徴だった。ひょっとして、あの場の緊張感がもたらしたものであったかもしれないし、それまでに飲んだアルコールのなせる業だったかもしれないが、いずれにせよ、あのときあの場にはそんな夢のような光景があった。多くの男たちはそのような夢の女性が現実には存在していないことが理解できずに、一生、そのような女性を探し続ける。だがジュピターは、もしも明日アンに会って話しをしたら、彼女はあらゆる点でベティよりも劣っているごく平凡な女性であることを理解していた。それでもあの一瞬、アンはあらゆる点で非の打ちどころのない夢の女性そのものだった。さらに、アンのおかげでジュピターはどんな二日酔いの朝よりも激しい自己嫌悪に陥っていた。いま、ジュピターはアンの家で、自分にはまるで無関係な殺人事件と彼女の妹の関わりを証明しようと、妹の写真を持って立ち尽くしている。この写真を食堂のジョージのところに持っていき、自分の推理が正しかったならば、警察は明日、そのことを知るだろう。いや、証拠なんかくそくらえだ。彼はピアノの前へと歩いて行き、写真を元の場所へ戻した。

「それは持って行くんじゃないの？」ベティが囁いた。

「いいや」ジュピターは静かに答えた。「必要なくなった」

彼はわずかに扉を開け、ふたりは外に出た。並木の下に停めた車へと歩いてゆくときに、隣のベティが訊いてきた。「あれがアン・ノースなんでしょう？」

「そうだよ」

「あの人……扉のところに立っていたとき、なんだかすごくきれいだったわね？」

「そうだね、ダーリン」ジュピターは言った。「すごくきれいだった」

第十八章

ライスはケンブリッジに向かうあいだに眠ってしまった。ベティはジュピターの肩に頭を持たせかけ、ジュピターは眠くならないように普段よりもスピードをあげて車を走らせた。

「今日は、わたしたちの結婚式ね」彼女は眠そうに言った。「でも、緊張も興奮もしていないと言ったら、あなた気を悪くする？」

「きみもぼくもくたくただからな」ジュピターは言った。「きみの独身最後の日をだいなしにしてしまってすまなかった。ぼくに少しでも分別があったなら、最初からあんなところには出かけて行かなかっただろうに」

「分別があるってきっと退屈なことよ。そうならないようにしましょう」

「バランスをとるって大変だな」

「そうね」彼女は言い、しばらくしてからこう続けた。「いったいなぜ、ノースは殺されたのかしら。ねえ、彼の奥さん、なんだか幸せそうだったわ」

「動機はそのへんにありそうだが、どうもまだよくわからない。殺人というのは極端なやりかただ」

「でも、最近じゃ人気のある方法よ。物騒な世の中ですもの、そうじゃなくて？」

「殺しは簡単じゃないし、これまでだってずっとそうだったはずだ。『汝殺すなかれ』だよ。おそらく、程度の問題なんだろうな。ぼくは狩りは好きだけど、銃を撃ったあとは楽しくはない。好きなのは早起きして、犬を働かせ、一杯やり、あとであれこれ話をすることなんだ。死んだ鳥を拾い上げる嫌な気持ちより、そっちのほうが勝《まさ》っているんだ」

「あなたがこの戒律を守りたいと望んでいるのなら、肉や魚を食べることも、蚊をたたいて殺すこともできなくなるわ」

「そりゃそうだけれど、ぼくの場合は人間限定、少なくとも正気な人間限定さ。トムじいさんが例の斧を手に本気で追いかけてきたら、彼を殺すことに全力を尽くしても、良心の呵責は感じないだろう」

「それじゃ、あのアドルフ・ヒトラーや彼のイデオロギーと同じだわ」

「その通り。彼が実の息子たちに言っていたことでもある。帝国主義という言葉は、いまもその意味を失っていないんだ」

「なんてことなの。夫になる人が敵の支持者だなんて」

「いや、これは単なる帝国主義だけの問題じゃないんだよ。それが何百万の命に値するのかどうかはわからない。実際問題、これまでそれだけの価値があったことはないが、人間というものは救いようもなく楽天主義だからな。もはや、自分の命を賭けるだけの価値があるかどうかのみならず、多くの罪なき人々を道連れにしたいかどうかの問題になっているんだよ」

「わたしたちはドイツ国民と争っているのではないわ。相手はあくまでも彼らのリーダーよ」ベティが厳かに言った。

「スローガンを剝ぎ取ってしまえば、殺すのも殺されるのも気が進まないというだけのことさ。ぼくがいつも忘れたくないと思っているのは、あらゆる平和主義者たちは考える人々だということなんだ。兵士の大部分はなにも考えない」

「じゃあ、『元』平和主義者たちはどうなの?」

「あの熱意には感心するが、どうしても彼らの年齢のことを考えてしまうんだ。つまり、彼らが喜んで自分の命を捧げるだろうってことはわかるんだが、彼らは人生の大部分をすでに生きたという特異な立場にある。まさに違いはそこにあって、それについてはだれもどうすることもできない。目下、ぼくの命はぼくにとって想像しうるなにものよりも重要だ。生きている、ということがね。実際にそういう経験があるわけではないが、死ぬことにくらべれば、日に十五時間溶鉱炉のそばで働いて、まるっきり日の光を見られないほうがましだ。十年か、十五年か、二十年経てば考えも変わるのかもしれないが、それはわからないことだし、ぼくに言えるのはいまの自分の気持ちだけなんだ」

「同感だわ。だけど、多くの人たちがあなたのことを近視眼的だと言うでしょうね」

「ぼくは彼らの言うことにも耳を傾けているし、彼らの本も読んでいるし、常に心の窓を開けている。だが、常に心の窓を開けていることがぼくの困った点なんだと思う。ぼくは人が大事なことでもいとも簡単に決断することが羨ましい。そういう人たちは、悩みごとや考えごととは無縁なのに違いない」

「どうするつもり、ジュピター」ベティがゆっくりと訊ねた。「彼らに肩をたたかれて、これがあなたの軍服ですよと言われたら?」

「それが問題なんだよ。だが、正直わからない。良心的兵役忌避は、多くを証明してきたわけではないからな。歴史上もっとも偉大な兵役忌避者でさえ、この二千年のあいだ見習うべきお手本と見なされることはなかった。とはいえ、ぼくが兵隊になる資格があるのかは甚だ疑問だ。そのためには宗教教育を施されている必要があり、その代わりに推理力でもよい、と言ってくれるとは思えないからな。

それから、思い切って一歩踏み出し、いわゆる『運を天に任せる』って方法もあるが、この『運を天に任せる』なんていうのは体のいいハッタリさ。軍服を着るとき、人は自分自身とこう約束しているんだ。自分はイデオロギーのために喜んで死ぬし、他人を殺すとね。だが、だれであろうとこの前提を受け入れず、物事をありのままに見てみれば、それは自分を偽っているに過ぎない。そして、この件でぼくにとって嫌なことがあるとすれば、あとから自分は騙されていたんだと思うことなんだよ。

そして、もうひとつ別の道がある。この世は非情なところだし、自分の身は自分で守るしかないと腹を括って、裏から手を回したり、場合によっては多少の嘘もついて、コネがあれば後方部隊でお茶を濁すこともできるだろう。世間から見れば『自分の職務』を果たしたことになり、殺されることも、殺すこともない。つまり、世界中のほぼあらゆる人と同じように、戦争が続く限り、ろくでなしであり続けるというわけさ」

「それを自覚しているなら、そう悪い選択肢でもないと思うわ。わたしはあなたに生きていてもらいたいもの」

「だが、この最後の選択肢にはある種の自負心ともいうべき要素が含まれている。つまり、自分は戦時中に死ぬよりも、戦後、生きながらえていたほうが世界に貢献できるというね。ぼくはふたりの死んだ愛国者よりも、ひとりの生きている思索者のほうを選ぶ。そして、その歴史において世界が少しでも進歩を続けているなら、それはこの割合が維持されているからなんだ」

「もしかしたら、当局は兵士用の知能テストを考案すべきなのかもしれないわね」

「いずれそうなるさ。当局はすでに、その路線に同調しているから。あと二、三回も戦争があれば、きっとみごとに完成させると思うよ」

ジュピターは短く笑った。「殺人事件の調査で、こういう話はタブーなんだが」

「まだ調査から手を引かないつもり?」

「たったいま言った通り、ぼくには探究心が備わっている。ぼくはだれかにそうすると匂わせることなく、なんだって突き止めることができる。そのうえで、真相についてどうするのか決めればいい。人生とは決断の連続なんだ」

残りの道中、ふたりはほとんど黙っていた。ライスは一度か二度、目を覚ましていまどの辺りかを聞き、ジュピターがベティのアパートの前で車を止めたときもまだ眠りこんでいた。

「さて、うちに着いたわ」ベティが言った。「結婚式の日に花婿と会うのはあまり縁起がよくないんでしょうけど、こればかりはしかたないわね」

ベティを玄関まで送ると、彼女はジュピターの胸に身を寄せ、にっこりと顔を見上げた。「別々の家に帰るのも、今夜が最後ね」

「そうだな」

ジュピターがキスをすると、ベティは囁いた。「ダーリン、心から愛しているわ」

「ぼくもだよ」

「あなたも、もう寝るわよね?」

「教会で居眠りはしない、約束する」

「おやすみなさい」

「おやすみ、ベティ」

ジュピターが車に戻ると、ライスが起きていた。「ケンブリッジに着いたようだな」彼はあくびしながらそう言った。「こじんまりしたいい町だよ」

「ベッドが恋しいかい？」

「クラブへ行って、一杯やろう。それとも、まだ探偵活動に勤しむのかい？」

「電話を一本、かけてみるつもりだ」

ジュピターはハーバード広場に入ると、薬局の前で車を止めた。タキシード姿の者たちが大勢歩いていたが、学部生たちはすでに休暇に出かけている。つまり、あたりにいる男たちの大半が四年生か、思う存分、飲み明かそうと徒党を組みだした卒業二十五周年同窓会の参加者たちだった。

ジュピターは薬局に入ると、電話帳を手に取り、リトルの項をめくった。アンの妹の名前は知らなかったが、あの子はそこでアパート暮らしをしていると姑のミセス・ノースが言っていた。もちろん彼女が結婚している可能性がないわけではないが、ミセス・ノースの言い方から、その線はまずないと踏んでいた。ミセス・ノースの階級、および世代の女性は、既婚女性なら「そこでアパート暮らしをしている」と言うのではなく「あの子はそこで夫と暮らしている」と言うはずだ。その相違はささやかながら明白だった。

何人かの女性名のリトルが掲載されていただが、ピンクニー通りに住むジェーン・リトルを最有力候補として選び出した。ジュピターは電話番号をダイアルし、応答を待った。二度の呼び出し音のあと、女性の声が出た。

「もしもし、ジェーン？　ジャック・オニールだ」これは大きな賭けだった。彼女がこの名前を認識しさえすればいい。

「まあ、ジャック。どこにいるの?」

ジュピターはごくりと唾を飲み込むと、とっさに心を決めた。「町に来ているんだ、ジェーン。会えるかい?」

「ええ、もちろん……ジャック、すべてうまくいっているんでしょう?」

「ああ、すぐ行く。じゃああとで」

ジュピターは電話を切ると、ふーっと息を吐き出した。やはり、こういうことか。「ジェーン、少々、汚い手を使ってしまったが」彼はつぶやいた。「これがきみ自身のためになるかもしれないんだ」

店から出ると、ジュピターは町に行かなければならなくなったとライスに告げた。

「一緒に来たくなければ、クラブで待っていてくれても構わない」

「おれは車で待つことになるのかい?」

「ああ、だが長くはかからないよ」

「一緒に行くよ。きみなしでクラブにいるのは耐えられない。同輩たちが怖いんだ」

「用事が終わったら、一緒に町に繰り出して、逆に彼らを脅かしてやろう」

彼らは寮のあいだを抜けて、川沿いの公園道路へ向かった。寮のきれいな丸屋根からはいまも明かりが漏れており、ジュピターはいつものように、ハーバード大学に教育機関として多少の欠点があるにせよ、その夜景は完璧だと思った。

「本当に美しいな」ため息をつきながら、ライスが言う。「なんだが、感傷的になってきた」

「同窓会なんだから、そうなって当然さ。よく言われることだが、あの頃はよかったよ」

「あの四年間は、無責任さという点で今後も並ぶものはないだろう。あの頃ぼくが向き合わざるを得なかった数々の問題ときたら！　中間試験、期末試験、朝十時からの授業。神経衰弱にならなかったのが奇跡だよ」

橋を渡り、ボストン市内に入ったジュピターは、ビーコンヒル（ボストンの高級住宅地）の一方通行ばかりの迷路をなんとか通り抜け、ピンクニー通りの当該番地を見つけだした。

「ああ、ビーコンヒルよ」ライスが言った。「装飾的なお屋敷街よ」

「ニューヨーカーだからって、我々の伝統を馬鹿にするなよ」

「こっちにもちゃんと伝統はあるさ。だが、ニューヨークじゃ時々、ちゃんと埃を払っているんだ」

「じゃあ、ここに座って、本物を少々、吸収するんだな」

『ジェーン・リトル』という名前が呼び出しボタンの隣にきちんとタイプされている。彼は呼び鈴を押し、カチリと音をたててドアのロックが開くと同時になかに入り、上階へ向かった。彼女の部屋は三階にあるので、ジュピターは部屋に入る前に相手から姿を見られませんように、と願った。しかし、階段の最後のコーナーを曲がると、彼女はドアの横に立っていた。まず思ったのは、彼女が写真ほど魅力的ではないということだったが、たいていの女性がそうだと思いなおした。

「まあ、わたしてっきり……」彼女はそう言いかけたが、驚きのあまり部屋に入ってドアを閉めることを思いつかないようだった。「ごめんなさい。わたし、あなたのことを別人と勘違いしていて」

ジュピターはにっこりと笑った。「いいんですよ、ぼくがその人物なんですから」

「わけがわからないわ。だって、わたし……」

「ジョーンズと申します。サイオセットに行ってきたんですが、警察の人間ではありません。しかし、あなたに電話したとき、オニールになりすましました」

立場を明かしてしまうことで真相を突き止めるチャンスをだいなしにしていることはわかっていたが、オニールになりすましたうえにこれ以上、嘘を重ねるのは自分の名誉が許さなかった。

「でも、いったいなぜ？　わたしになんの用？」

「あなたと話がしたいのです。といっても、ぼくは記者でもありません。もしよろしければぼくのことはガラハッド卿（アーサー王伝説や聖杯伝説に登場する円卓の騎士のひとり。高潔な男の代名詞でもある）と呼んでください。その……」

「ガラハッド卿ですって！」

今度はジュピターがびっくりする番だった。その名前を口にしたとたん、彼女の顔つきが変わったのだ。さっきまではどこか嬉しそうだったのに、すっかり怯えてしまっている。いったい、ガラハッド卿がどうしたというのだろう……。

「入ってもいいですか？」

彼女はゆっくりとかぶりを振った。「あなたは知らない人だもの」

「いいかい、ジェーン。ぼくは今晩、きみのお姉さんを見た。お姉さんは月明かりのなかに立っていて、まるで夢見るような顔をしていたよ」それは少々、常軌を逸した話に聞こえた。「もう夜も遅く、ぼくは疲れているし、明日、結婚する身でもある。自分でもなにをしているかよくわからないんだが、きみのお姉さんを助けたいと思っているんだ」

「なかに入ってもらったほうがよさそうね」彼女は言うと、こちらを向いたまま、ゆっくりとドアからあとじさった。「あなた、酔っているわけじゃないわね？」

「そんなふうに聞こえるかもしれないが、酔ってはいない」ジュピターは部屋に入り、ふたりは小さな居間で向かい合った。「なぜぼくが、こんなことをしているのか説明しよう」

ジュピターは、ライスとベティのことや、いかにして自分が警察のあとについて回ることになったかを説明し、こう締めくくった。「現在、ぼくは警察よりはるかに多くの情報を握っている。これは自慢ではない。ただ少しばかり、ついていただけなんだ。そして問題は、あとどれくらいで連中がぼくに追いつくのかわからないということだ。ぼくは彼らが真相に到達する前にすべてを突き止めたい。そうすれば、警察にどう言えばいいかわかるからね」

「よくわからないんだけれど」ジェーンが警戒心を解いていないのは明らかだった。「あなたはわたしに会ってどうしようというの?」

ジュピターは椅子の肘掛けに尻を乗せた。「まずはじめに、なぜシャーマン・ノースが殺されたのかを知りたい」

「わたしにはわからないわ」

「いいだろう。では、なぜきみは昨夜サイオセットに行き、オニールに連絡を取ろうとしたんだい?」

ジェーンは眉を吊りあげ、マントルピースに寄りかかった。「おっしゃる意味がわからないわ」

しっかりしたお嬢さんだ、とジュピターは思った。だが、あまりにも芝居がかっている。ひょっとしたら、自分もそうなのかもしれないが。

「ジェーン。お互い、本音で話そうじゃないか。ぼくだってきみと同じくらい、脛に傷持つ身なんだ。なにが言いたいかって言うと、あの食堂にはジョージという名前の少年が働いていて、やってきた警察に訊かれれば、あのときの女性はきみだと特定する。そうしたら警察はきみの靴を借り、きみが昨夜、ゴルフ場に残した足跡と照合するに違いないんだよ」

ジェーンには自分の負けがわかっていたが、屈しようとはしなかった。「そういうことなら、わたしは警察がやってくるのを待つことにするわ」

「ジェーン、信じてもらえないかもしれないが、ぼくは今夜、ピアノの上にあったきみの写真を盗み出すためにノース邸に行ってきたんだ。ぼくはその写真をジョージに見せるつもりだった。だが、それはもうやめにした。そんなことをしたら、ぼくが写真を持ってうろうろしていたと、彼が警察に告げ口するに違いないからな。これは誠意の証としてきみに話した。ぼくはだれの手先でもないんだ」

「あなたがそんなことをしていると知ってさえいたら」

「ぼくは問題を解決しようとしているんだ。少なくとも、それが最初の目的だった。いまやそのあたりは決めかねているが、事態は単なる謎解き以上のものになっている。もしもきみが、ぼくのことを、辺りを嗅ぎまわっているだけで、なにもわかっていないと思うなら、これだけは言わせてくれ。昨夜、きみはノース邸を九時ごろ辞去している。きみがどこへ行ったかは知らないが、十二時十五分頃にさっき言った食堂へ行き、オニールに電話をしている。そしてホテルの人間から、彼がゴルフ場へ行っていると言われた。オニールに会いたかったきみはクラブハウスまで車で行き、彼を探しながら歩いてゴルフ場へ入った。そしてゴルフ場にいるあいだに、あるものを見た。きみはノースが殺害されるのを遠くから見ていたんじゃないのか」

片手で首を押さえているジェーンをよそに、ジュピターは話を続けた。「発砲のあと、きみはなにがあったのかを見るために現場まで行き、ノースが死んで横たわっているのを発見した。一刻も早くその場から立ち去りたかったきみは、靴を脱いで、車まで駆け戻ったんだ」

くそっ、なぜ今まで足跡が消えていた理由を思いつかなかったんだろう。

ジュピターは早口でまくしたてており、言葉はひとりでに出てきたようだった。

興奮して話し続けていたせいで、ジュピターはぜいぜいと喘いだ。彼女は唇を震わせ、体の横でぎゅっと両手を握りしめている。

「どうか出ていって。お願いだから、この場から立ち去って」

「わかったよ、ジェーン。ぼくはもう行く。ごめんよ、きみを驚かせるつもりはなかったんだ。しかし、二、三、教えて欲しいことがある」

彼女はかぶりを振ると、ジュピターから目を逸らした。

「わかったよ。これはきみの問題だものな。だが、事態はきみが思っているほど悪くはないんだ。警察はぼくがいま話したことはいずれもつかんではいないし、このまま突き止められないことだってありうる。だが彼らは明日、きみに会いにやって来るだろう。それだけは間違いない。きみは話すことを整理しておいたほうがいい。警察は、昨夜きみが何時に家に着いたかを訊いてくるはずだ。きみはノース邸を九時に出ているから、十時半までには帰宅していたことになる。車はどこに置いているんだい？」

「外よ。ここの裏」

「なるほど。連中は車庫を調べることはできまい。きみがまだやっていなければの話だが、ぼくだったら、昨夜履いていた靴を処分するね。そんなことをしても無駄かもしれないが、警察がきみをジョージに見せなければうまくいくかもしれない。彼のところに例の写真を見せに行かなくて、本当によかったよ」ジュピターは戸口に立った。「おやすみ、ジェーン。諦めずにがんばれ」

彼は部屋から出て、階段を半分ほど下りてから、自分がやったことの重大さに気がついた。その衝撃は腹への殴打のようだった。これは幇助と教唆以外の何物でもない！

「しまった」彼は独りごとを言った。「こんなことをしていたら、禁固刑二十年だってくらいかねないぞ！」

「なんの罪で？」踊り場からだれかの声がした。

ジュピターは慌てて手すりをつかみ、下をのぞいた。タキシード姿の男が、かんぬきの鍵をポケットにしまっている。足元がふらついており、どうやらこのアパートの住人らしい。

「いや、なんでもない」ジュピターはそう言って、彼の横を通り過ぎた。

「上訴すればいい」その男はそう言うと、階段を上っていった。

自分の車に乗り込みながら、ジュピターは言った。「なぜだかわからないが、リトル姉妹には男の庇護本能をかきたてるなにかがあるらしい」

第十九章

ワトキンズ地方検事は、サイオセットビーチホテルに宿泊していた。窓から差し込むずいぶん低くなった月からの明かりと、浜を洗う優しい波音があいまって、とっくに心地よい眠りに誘われているはずだった。しかし、彼はまんじりともせずに横たわっている。事件の進展が気に入らないのだ。確かに、初日としてだれにも負けないほどりっぱに初動捜査を行った。ノース家のデリケートな状況にも巧みに対処したし、聞き取り調査からの政治的影響もないはずだ。だが、なによりも厄介だったのは、こんな短期間のうちに所属も影響の及ぶ範囲も突き止めようがなかった同窓会参加者たちだ。だれか重要人物の足をうっかり踏んでいないといいのだが。ハーバード大学の卒業生たちが相手だと、これが悩ましい。どこかの浮浪者のように見えて、父親が裁判官だったりするのだから。

あのオニールという男はなにかを知っているし、いずれ絶対に聞き出してやる。今夜は部屋の前に警官を配備してあるから、もう襲われることはないはずだ。

だが、なぜジョーンズはあんなに急いでホテルを出発したのだろう？　無理やり、捜査に首を突っ込んでおいて、その捜査の最中に逃げ出すなんてどうもおかしい。

「まあいい」地方検事はひとりごちた。「いずれにせよ、変わった奴だったからな」

マシューズとオニールはベッドに入っていたが、ふたりとも眠ってはいなかった。マシューズはオニールの煙草の火の赤みと、煙を吸い込む瞬間の煙草の輝きを見つめていた。

「どうもジョーンズのことが頭から離れないんだ」オニールが突然、口を開いた。「きみはあの男のことをどう思った?」

マシューズは熟考の末、注意深くこう答えた。「特に問題ないように見えたが」

「そうだな」オニールがすかさず言った。「だが、どういう意味で問題ないと?」

別の階のカートライトとブラッグドンの部屋は、まだ明かりが消されていなかった。ブラッグドンは着替え中で、カートライトは窓のそばに腰掛けている。

「どう思う、トミー?」カートライトが訊いた。

「どう思うかって?」ブラッグドンは背筋を伸ばして、カートライトに向き直った。「久しぶりに生きているという気がする。本当に生きている実感がある」

「ぼくも同感だ」カートライトはかぶりを振ると、窓から外を眺めた。「なんだか妙な気持ちだよ。従軍中もこんな気持ちになるのかもしれないな」

ハーラン・ブラウンはベッドに横たわって脚本を読もうとしていた。しかし、そのなかのスピーチが非現実的で、いかにも作り物めいているように思える。テンポのよさと華々しさを持つようにと丹念に磨かれ、巧みにつなぎあわされており、雑誌の記事のようであったが、登場人物にリアリティがない。この脚本なら自分には医師が適任だし、それはつねづね演じたいと思っていたような役だったが、こんな医師は人として信用できない。劇場ではそういう人間として演じられるべき役柄だし、その医師にも演技にも強調されたドラマチックさが求められるとわかってはいたが、いんちき野郎を演じるのは、もううんざりだった。昔から、役者は単に生活していくための手段だと言ってきたが、ある程度やってきたいまとなっては、それ以上のなにかが必要だ。今回のことがあったあとに、再びいんちき野郎を演じる仕事に戻るのは簡単ではない。

彼は脚本を自分の胸に置き、じっと天井を見つめた。

「でも、もうなにがあろうと構わない。少なくとも、自分はいんちき野郎じゃないとわかっているんだから」

ラリー・ウィンストンはベッドに入っており、眠ってしまうのも時間の問題だとわかっていた。あれだけウイスキーを飲んだのだから当然だ。この世は本当に狂っている。父はいつも、自分の面倒は自分で見ろと言っているし、おそらく父の言う通りなのだが、それでも、人は時おり普段の自分らしくない行動をするべきだし、不思議なことに、それはとても気分のいいことなのだ。先の大戦で連隊を率いたオックスフォード大卒の将校たちだってそうだ。彼らほど生意気な連中はそれまでいなかったが、戦争が始まると、実際に柳の小枝で作った鞭しか持たずに味方を塹壕から救い出した。それは兵隊たちの士気を鼓舞しようとしてやったことではあるが、例えそうだとしてもすごい……。また、先の戦争ではだれかがイギリス人中尉の命についてなんと言っていたんだっけ？　実戦わずか一分半で戦死？　今度の戦争では違うのかもしれないが、ぼくが知っている何人の人間が、ダンケルク（第二次世界大戦中、ドイツ軍のフランス侵攻中に起こった『ダンケルクの戦い』のこと）から逃げおおせたことだろう。

「彼らはそうしなければならなかったからそうした」ラリーはつぶやいた。「彼らはそれを重要な任務だと思っていたのだ」

事件二日目の夜、ローレンス・フッド・ウィンストンは、ポロのことも、女のことも、野球のことも考えずに眠りについた。


ケンブリッジにあるクラブハウスで、ジュピターとライスは、年配の卒業生とウイスキーの瓶とともに席に着いていた。その卒業生はたったいま部屋に入ってきたところで、翌日のお祭り騒ぎの予行練習のためにクラブ入りしているのだと言っていた。四年生と思しき三人がキッチンで卵料理を作っていたが、彼らと自分たちを抜かせばクラブハウスは閑散としていた。

「わたしは十年卒でね」その卒業生は言った。「もちろん、今年は同期会が開催される年ではないんだが、ちょくちょく戻ってきているんだよ」

ジュピターとライスも、それぞれ何年卒であるかを告げ、男は一杯いかがです、という申し出を喜んで受けた。

「しかし、驚いたよ」ジュピターが酒の用意をしているときに、その男はライスに言った。「きみたちはサイオセットにいたんだろう」

ライスが口を開きかけたが、ジュピターが咳払いをした。

「いえ、それが」ライスが言った。「ぼくは行けなかったんです。今夜、やっと来られたんですよ」

「それでも、あそこで起こった恐ろしい事件については聞いているだろう?」

「ええ」ジュピターが頷く。「新聞で読みました」

男はかぶりを振った。「まったく、ぞっとするよ。彼の父親を知っていたんだ。いい奴だったよ。ひどい話だ。同期の者たちにとっても、とんだ災難だ」

「家族も辛いでしょう」ジュピターが言った。

「もちろんそうだろう」そう言って、男はさっとこちらを見上げたが、ジュピターの顔にはなんの表情も現れてはいなかった。「ノースの息子がこんな目に遭うなんて考えられん。きみたちは大学時代の彼を知っていたんだろう?」

男に訊ねるように見つめられて、エドは答えた。「ええ、知り合いでした。いい奴でしたよ」

「なんともショックだよ」ジュピターから酒の入ったグラスを受け取ると、男はそれを飲んだ。「ヨーロッパがきな臭いことになっているときに、こんな事件が身の回りで起こるとは。よりによって、殺人だぞ!」

「両者にはなにか違いがあるんですよね」ジュピターが言った。「ぼくにもそれがわかればいいのですが」

男は再び、ジュピターをねめつけた。「どういう意味かね」

「大量殺人と単独殺人ですよ。なぜか、単独殺人の場合のみ電気椅子送りになる」

「ああ、なるほど」男はあいまいに笑った。「彼らも同じ目に遭わせるべきなんだ。ヒトラーから順番に。それが唯一の解決策だよ」

「というと?」ライスが訊ねた。

「ドイツ民族を抹殺するんだ。やつらは昔から厄介ごとばかり引き起こす。だれがなんと言おうと、解決策はそれしかない」

ライスはジュピターに目配せしたが、ふたりとも言い返さなかった。男は、微妙な話題になっていることに気づいたらしく、自分の椅子に深々と身を沈めると、懐かしそうに部屋を見渡した。

「わたしはこの場所に帰ってくるのが大好きでね、きみたちもわたしぐらいの年齢になれば、この気持ちがわかるだろう。こんなふうに夜遅くこの部屋にやってくるだけで、ああ、帰ってきたと思うんだよ」

男はそれからしばらく話を続け、酒を飲み終えると、自分の部屋に寝に帰った。

「やれやれ」ライスが言った。「あれ、だれだったんだ?」

「半ダースほどの新聞を牛耳る会社の社長だよ。このクラブの主要会員のひとりさ」

「そいつはすごい」

三人の四年生が卵料理を食べ終えて、戸口のところからなかを覗いていた。彼らはジュピターに会釈すると部屋に入ってきた。ジュピターは三人をライスに紹介した。

なかのひとりは他の二人よりもひどく酔っ払っていて、テーブルにつまずいた。「今日は荒れてるな。ひどい大時化《しけ》だ。みんな、嵐に備えろ」

「もう寝よう」別の男が言った。

「そうだな」酔った男が言った。「寝るとしよう。明日、ちゃんとガウンを着られるように体調を整えなければ。我々は人生の門出に立っているのだ」

「人生とキャンプ・エドワーズ(アメリカの軍事訓練施設)の入り口にな」別の四年生が言った。「整列せよ、ムーア兵士」

列をつくってぞろぞろと退室をはじめたと思うと、彼らのなかのひとりが立ち止まり、ライスを振り返った。「おやすみなさい、上官《サー》」

「おやすみ」ジュピターが言い返す。

「なんてこった」ライスが言った。「あの男、おれを上官《サー》と呼んだぞ！」

「気にするな。しばらく前から、ぼくも二年生から同じように呼ばれてるよ」

「おれたち、もうそんな年になったのか？」

「ちょうど中間層なんだよ」自分の酒を飲み干しながらジュピターが言った。「卒業後八年から十年で、みんな自分の人生の決断をしなけりゃならない。ここに戻って、自分もここにいる若者たちの仲間だと思っていても、やがてもう若くはないと思い知るのさ。二階にいる、さっきのいかした先輩みたいにたくさんの思い出を抱えて帰ってくれば、楽しい時間が過ごせるし、周囲からは礼儀正しく接してもらえるだろうがね」

「ならば、帰ってきちゃだめだ」

「ここの食事はいまもケンブリッジ一だがね」ジュピターは壁の時計を見た。「ぼくはあと九時間で既婚者だ」

「さっきの大先輩が眠りにつくまで、おれたちはもう少しここにいようじゃないか」

「どうせ同室なんだし、部屋に戻ってもいいんじゃないか」

「それはそうだが、廊下かどこかでまた鉢合わせするかもしれない」ライスは手酌で最後の一杯を注ぐと、グラスを掲げた。「これが最後さ、ジョーンズ。きみが世界一幸せな男になるよう祈っているよ」

ジュピターは笑わなかった。「なに言ってるんだ、エド。ぼくが結婚するからって、これまでとな

「これからもふたりで大笑いできるんだからな」

「それはそうだな」と、ライスも応じた。「別になにが変わるってわけじゃない」

　ふたりは声を揃えて笑った。

「お互い、年を取ることを心配したってしょうがないよな」

「とはいえ」と、ジュピター。「若い頃は楽しかったよ」

　床に就いてからもう一時間、ジュピターは眠れずに横たわっていた。ライスの助力により、しばし殺人事件のことを忘れ、自分なりの独身最後の夜を過ごすことができた。それが深夜に親友とともに二杯の酒を飲むことだったのは、殺人事件の捜査に首を突っ込んだことによる直接の結果ではない。もともと、自分は凝った『独身さよならパーティ』をやるつもりはなかったからだ。思うに、通常の『独身さよならパーティ』とは、男同士で飲むための格好の口実だが、自分は独身生活との別れを単なる飲み会以上のスタイルで祝いたいと思っていて、それが叶ったのだ。

　ノース殺しの動機、殺害方法、だれが主犯であるかという問題は、あいかわらずジュピターの心を悩ませていた。この謎を解き明かすのは不可能なのかもしれないが、それでも考え続けないわけにはいかなかった。それにしても、いまだに腑に落ちないことが多すぎる。ブラッグドンのマッチを折る癖、六発の銃声、剣の形の腕時計の飾り《チャーム》。そしてアン・ノース、彼女の妹、オニールの三人に共通するなにかを隠そうとする態度もそうだ。どうにかして、これらのつながりを発見し、説明をつけなければ。なぜジェーン・リトルは「ガラハッド卿」という名前を聞いてうろたえたのか。そして殺しの動機はいったいどこにあるのか。

　ジュピターが眠りについたとき、これらは依然としてわからないままだった。だが、彼はあることを思いついた。結局、閃きがあってこその建設的行動なのだと、眠りに落ちる直前、彼は思った。

第二十章

結婚式当日は快晴だった。ジュピターは起き上がって八時までに着替えを済ますと、手を伸ばして、ライスの腕を引っ張った。

「おい、起きろ。起きろってば」ジュピターは言った。「今日はぼくの結婚式だぞ」

クラブハウスの窓から、暖かな日差しが差し込んでおり、爽やかなそよ風が通りに生えている菩提樹の葉をさらさらと鳴らしていた。

ライスはうめき声をあげると、口のなかに舌を走らせた。

「下に行って朝食を頼んでくるよ」ジュピターが言った。「きみはこれからなにをする?」

「もう十一時か?」ライスがつぶやいた。

「まだ八時だが、今朝はいろいろとやることがあってね。きみは寝ていたければまだ寝ていてもいいんだぜ」

「八時だって? そいつはすてきだ」ライスは身を起こすと、頭をさすった。

「痛むのか?」ジュピターが訊ねた。

「まあ、あれだ」ライスは明るい日差しに目を細めた。「いい結婚式日和だな」

「おあつらえむきだろ。まったくすばらしい。最高の気分だよ」

ライスは顔をしかめ、渋い顔になった。「おいおい、ジュピター、内心じゃずいぶんびくついているみたいだな」

「まさか！　なぜそんなこと言う？」

「ひとつには、きみが間違った服を着ているからさ」

「町へ行ってきてから着替えるよ」

「町へ？　なんでまた？」

「ちょっと調べることがあってね」

ライスはどさっと枕に崩れ落ちた。「探偵好きもここまで来ると救いようがないな」

「着替えの時間までには帰ってくるよ」

ライスはよろよろとベッドから起きだした。「きみから目を離さないとベティに誓ったんだ。一緒に行くからアスピリンを飲むまで待ってくれ」

「どうぞご自由に」ジュピターはそう言うと、一階に下りていった。

ライスは手探りでトイレに向かい、廊下で昨日の年配の卒業生に会った。

「ほう、早起きだな」男は言った。「わたしと同じだ。七時半を過ぎると寝ていられないんだよ。長年の習慣なんだ」

ライスは血走った瞳で相手をじろりと見た。「じゃあ、さっさと遊びに出かけたらどうです？」彼はしらけた顔でそういうと、トイレに入り、ばたんとドアを閉めた。

一階のジュピターは、さっきまでの旺盛な食欲は失せてしまい、たっぷりのオレンジジュース二杯と、ポット入りのコーヒーを持ってきてくれるよう給仕長に頼んだ。

「ところでジョン」ジュピターは言った。「きみは、みんながクラブの飾り《チャーム》をどこで作っているか知っているかい？　時計のチェーンにつけるようなのなんだけど」

「おそらく、パーク通りにあるＪ・Ｄ・スティール＆サンズだと思います」

「きみはなんでも知っているなあ、ジョン。どうもありがとう」

ジョンはにっこり笑い、咳払いをした。「今日は本当におめでとうございます、ミスター・ジョーンズ」

ジュピターはびっくりした。「こいつは驚いた。ありがとう、ジョン。きみが知っているとは思わなかったよ。そんなに多くの人に知らせてはいなかったからね」それからこう続けた。「昼どきはすごく忙しいだろうけど、もし来られるようだったら教会に来てくれないか。ここからなら目と鼻の先だし、そんなに時間はかからないと思うんだ。ぜひ来てくれよ」

「ありがとうございます、ミスター・ジョーンズ。では、もし抜けられるようでしたら……」

ジョンは部屋から出てゆき、ジュピターは新聞を手に取った。第一面にノース殺しの記事が大きく取り上げられている。昨夜の年配の卒業生が食堂室に入ってきたとき、ジュピターはまだそれを読んでいる最中だった。ジュピターが「おはようございます」と挨拶すると、彼は不機嫌そうに返事をし、ベルを鳴らした。なにに腹を立てているんだろうと思いながら、ジュピターは再び新聞を読みはじめた。ライスが入ってきたとき、男はさっと顔を上げると、持っていた新聞でバサッと音を立てた。

「ここ、なんだか空気が悪いな」ライスはそう言うと、窓を開けた。

二人はぽつぽつと言葉を交わす程度で朝食を終え、ジュピターの車へと向かった。

「いったい、あの人になにをしたんだ？　侮辱でもしたのか？」ジュピターが訊ねた。

「あの男に侮辱など通じるもんか」ライスが言った。「ところで、花は大丈夫なのかい?」

「二日前に注文済みさ。思い出させてくれて恩に着るよ」

「具体的に、おれは今日、なにをすればいいのかな?」

「ずっと冷静でいてくれることかな。ぼくにはきみだけが頼りなんだ」

「おれが指輪を携帯するんじゃないのか? もう、きみが持っているんだろう?」

「おいおい、気が早いな」

「土壇場になって指輪がないとかなんとか大騒ぎしたりしたくないだけさ。仕事柄、そういう想像が働くんだよ」

ライスは座席にゆったりともたれかかると、額が風に吹かれるのにまかせている。

川沿いを運転しながらジュピターが言った。「もしこれが正しければ、ぼくは心底鼻が高いよ」

「正しいってなにがだい?」

「ぼくの勘さ。ノースはなぜ同窓会で殺されたのかについて考えていたんだ。これは重要な疑問かもしれない」

「で、なぜなんだ?」

「それだよ、いったいなぜか。ぼくはこれまで、あまりに多くのことを当然視しすぎていたんだ」

「おれもきみが全貌をつかんだあかつきには当然視させてもらうよ。それまではこれ以上、焦らさないでくれ」

車が町に入ると、ジュピターは駐車違反の切符をきられるかもしれない危険を冒して、パーク通りに二重駐車をした。

「きみも一緒に来てくれ」ジュピターは言った。「仕事中の主人に会ってみて欲しい」

J・D・スティール&サンズ宝石商会はその古いビルの二階にあった。ふたりで階段を上り、ジュピターが店員にデザイナーに会わせてほしいと頼んだ。一、二分のうちに、縁なしの眼鏡をかけた痩せた老人が、店の奥の狭苦しい場所から出てきた。

「なにかご用ですか?」

「チェーンにつけるタイプの特別な飾り《チャーム》を探しているんだ。ここでそれに似たようなものを作っているかどうかわからないが、紙を一枚もらえれば簡単なスケッチを書いてみせるよ」

老人が紙と鉛筆を出し、ジュピターは剣の絵を描いた。

「長さはだいたい一インチぐらいなんだ」

老人は難しい顔をした。「うちにそういうものがあるかどうかわかりませんが、ちょっと調べてみましょう」

彼が姿を消すと、ライスが言った。「あると思うか?」

「そう願ってるよ」

「アメリカ中にたくさんある他の宝石商ではなく、この店に?」

「そうさ」

「お茶の葉占い? それとも、水晶玉占いかい?」

「ロジックだよ」

老人は戻ってくると、鋳型をカウンターに置いた。「お探しなのはこれではありませんか?」

「ビンゴ」ジュピターが小さな声で言った。間近でその型を見るのは、思っていた以上に衝撃的で、大穴にかなりの額を賭けて、大勝している自分に気づいたようだった。「これは、これまでに数多く作ってきたのかい?」

「そう多くはないと思います」老人は言った。「これはわたしがデザインしたものですが、なにしろずいぶん前のことで」

「十年前だ」ジュピターは言った。「覚えてはいるだろうけれど。では、これを買った人の記録を拝見したい」

「まことに申し訳ありませんが、しかるべき権限をお持ちのかた以外に記録をお見せする訳には参りません。こうした飾り《チャーム》のなかには秘密結社のために作られたものもありますので」

「それは承知している」ジュピターはきびきびとそう言うと、さっと上着をめくった。「本部のジョーンズ警部補だ。記録をお見せ願いたい」

その上着をめくる仕草は一瞬だったので、本当にバッジがあり、老人が近眼でなかったとしても見えはしなかっただろう。彼はごくりとつばを飲み込むと言った。「あるかどうか確認してきます、警部補どの」

「警察官になりすますなんて」ライスは言った。「禁固十年はかたいぞ」

「それは、警察がぼくの推理に追いついたらの話だ」ジュピターが言った。「堂々としていれば、恐いものなどないさ」

ライスはおもむろにガムを嚙んでいるふりを始め、それをペッと床に吐き出す真似をした。

「やり過ぎるな」ジュピターが口を閉じたまま言った。「我々がボストン市警だということを忘れるな」

記録を発見するまでの十分ほどのあいだ、ふたりは店員が何人も控え室から出てきてはこちらを窺っているのを感じながら、待たなければならなかった。

「請求書を送ったときの控えがありました。これが名前と住所の一覧です」

それを読んでいるジュピターのところに歩み寄ると、ライスは肩越しにのぞきこんだ。ノースの車の後部座席で発見されたのと同じ飾り《チャーム》を持っている男たちは、順番に——

ハーラン・ブラウン
リチャード・C・マシューズ
トマス・H・ブラッグドン
ネルソン・D・カートライト＝ジュニア
ジョン・X・オニール
ローレンス・H・ウィンストン

全員の名前のあとには、ケンブリッジの住所が書かれていた。

「ありがとう」ジュピターは礼を言い、次にライスに言った。「書き留めておいてくれ、巡査部長」

「了解しました、警部補どの」ライスはそう言うと、紙と鉛筆に手を伸ばした。

店の外でライスは言った。「なかなかのスリルだったけど、二日酔いは抜けないな」

「我ながらたいした推理だ」ジュピターはまだ動揺していた。「やっぱり、ぼくはこういうことを本業にすべきなのかもしれない」

「世界にひとつの店をどんぴしゃで当てたんだからな。確かに、たいしたもんだ」

「それはそんなに難しいことではなかったよ。あの大学に行っていて、クラブの飾り《チャーム》を作りたいと思ったら、どこへ行けばいいかまず給仕長に訊くだろう。自分で調べるのは面倒だからな」

「だけど、いったいどういうクラブなんだろう、黒い手（セルビアの民族主義者により一九一一年に結成された秘密組織）かい？」

「そんなんじゃない。ガラハッドとか、そういう名前だったんじゃないかと思う」

「ガラハッドだって？」ライスは仰天して言った。「なぜそう思うんだい？」

「もちろんガラハッド卿にちなんでだよ」ジュピターはそう言いながら、エンジンをかけた。「彼は苦境にある貴婦人を助け出すことで知られているはずだ」

第二十一章

「おかしくないか?」鏡を見つめながら、ライスが言った。

「ばっちりきまってるよ。きみの上着を作ったリード&ホワイトの各位には心からの敬意を表する」

ふたりともレンタルのモーニングコートを着用していた。ジュピターはスズラン、ライスはカーネーションの切花をボタンホールにつけている。

「まだ三十三分ある」自分の時計を見ながらライスが言った。「本当に飲み物はいらないのかい?」

ブラウンハイボールの入ったグラスがふたつ、たんすの上に置かれていた。「ベティと結婚するのに酒は必要ない」ジュピターが言った。「だけど、ちゃんとそう自覚していれば、一杯くらい飲んでも構わないかもしれない」

「飲んだほうがいい」ライスが言った。「おれなんか死ぬほど緊張してる」

「まあ落ち着け」

「わかってるよ、だけど結婚するって大変なんだな。これまでは知らなかったけど」

「きみならちゃんとやれるさ」ジュピターが励ました。「ただ、いまからあれこれ考えすぎるな」

「なんだか、あまり役には立てそうにないよ」

「きみは最高だよ」ジュピターは言った。「だが、もうこの話はよそう」

ふたりはグラスを掲げ、酒を飲んだ。ジュピターはベッドの端に腰を下ろし、ライスは靴を磨こうとタオルを手に取った。

「ゴールは目前だ」ライスがつぶやいた。

「いいかげんにしろって」

「悪い。だが、おれはラリー・ウィンストンみたいに場慣れしてないんだ。今回が初めてなんだよ」

ライスはまた、ハイボールをごくりと飲んだ。「友だちは遠くの町で夜に結婚する奴ばかりだから」

「きみの友だちは頭がいいな」

ライスは悶々とした表情で、靴磨きのために屈めていた腰を伸ばした。「ところでジュピター、いったいだれがベティを花婿に引き渡すんだい？」

ジュピターは声を上げて笑った。「彼女の父親だよ。昨夜遅くやってきたんだ。まあ、心配するなって。そういう細かいことはすでに打ち合わせ済みさ」

「いや、ふと気になってね」

「だから、式のことはもう考えなくていいって。それより、そろそろ教会のほうへ行ってみよう。いずれにせよ、きみが酔い潰れてしまったら、ぼくが式場まで運んでやるよ」

「絶対に酔い潰れたりしないよ。本当さ。それだけは請けあうよ」

ふたりはそろって階下へ行くと、車で二ブロック先の教会に移動した。すでに数名の同窓会出席者たちが、今日の午後、ハーバードスタジアムで同期ごとにお揃いで着るコスチューム姿で通りにいた。なかでもカラフルなのが、マント付きの体にフィットしたピンク色の衣装だった。どうやら、いずれかの期の卒業生たちはスーパーマンの扮装をすることになっているらしい。

「あれが同期の衣装だよ」指差して、ライスが言った。「ああよかった、あんな格好をしなくて済んで」

「あれじゃ間違いなく、最高にむしゃくしゃする日になっただろうな」

ふたりが教会の聖具室に行くと、寺男に出迎えられ、牧師が着席中の執務室の先にある小部屋に案内された。その部屋に入るとジュピターはライスを紹介した。そこで最後の指示が告げられ、彼らは小部屋から出た。

「暑いよな」顔をハンカチで拭いながら、ライスが言った。

ジュピターは友に指輪を渡し、腰掛けるように勧めた。式の開始までまだ十五分ほどあり、彼は殺人事件の問題について考察して過ごそうと提案した。その心躍る十五分間、素直なライスはなにも訊いてはこなかった。

大事な情報はすべて揃っていた。いまや、それを図面にどう落とし込んでいくかだ。目下のところ、動機はとりあえず度外視しなければなるまい。もちろん動機はあったのだろうが、皆目わからない。では次になにを検討するか。機会だ。そう、犯人には機会があった。そして方法だ。ノースは射殺されたが、撃たれたのは一発なのに銃声は六度あった。人気のないゴルフ場で夜中に六発の銃声だ。それはいったいなぜか。他の五発はどうなり、どこに行ったのか。

「近くに水の飲めるところはあるかな?」ライスが言った。

「寺男に訊いてみるといい」と、ジュピター。

重要なのはその他の銃声だが、あれはいったいなんだったのか。どうすれば五発の銃弾を取り除くことができるのだろう、そして、その理由は?

ライスが戻ってくると、水の入ったコップを差し出した。

「ありがとう」ジュピターは礼を言った。「きみは本当に気が利くな」

ジュピターは水をちびちび飲みながら、問題について考え続けた。執務室では牧師が式服を整えている。もう時間はあまりない。五発は空に向かって撃ったのか？　五度の銃声……。

彼があまりに急いで立ち上がったので、ライスがぎゅっと腕をつかんだ。

「落ち着け、ジュピター。一分ほどで終わるんだから」

牧師が執務室から出てきた。ジュピターの頭には稲妻のように閃きが走っていた。わかったぞ！　時計の歯車のように、すべてのパズルのピースがぴたりとあるべき場所にはまったのだ。

その瞬間、教会へと続く小さな扉から、ウェディングマーチのオープニングの旋律が聞こえてきた。

「では参りましょう」神父が穏やかに促した。

ジュピターがさっとライスの顔を見ると、友の顔からは完全に血の気が失せていた。

「どうしよう、ジュピター。ああ、どうしよう」彼は囁いた。

「落ち着けって」

戸口で、牧師はライスを振り向くと、急いで言った。「もしも気を失いそうだと思ったら、深く息を吸って、自分の尻をつねってみるとよろしい。これさえやれば、絶対に大丈夫ですよ」

「それはどうも」ライスは弱々しくそう言い、一同は揃ってチャペルに入った。

ジュピターが最初に考えたのは、想像していたよりたくさんの人がいるということだった。彼らは祭壇のところまで歩いてゆき、通路のほうを向いた。そこにいる大勢の人のなかから、目に留まったのがクラブの給仕長ジョンだった。ジョンが来てくれたことを嬉しく思っていると、みなが通路を歩いてきて、シンシアの後ろに父親の腕につかまるベティがいた。

彼女の初々しさと愛らしさにジュピターは二度つばを飲み込み、しばらくのあいだ彼女と目を合わせることすらできなかった。彼女がこちらにやってきたとき、ジュピターは非常に個人的な誓いを立てた。だから、あとから口に出して結婚の誓いをやったとき、そちらは二度目の誓いとなったのだった。

ともあれ、ライスは気絶しなかった。彼は指輪を持って迅速に行動し、それはすぐに終わった。オルガンはメンデルスゾーンの勝利の歌を鳴り響かせており、ジュピターはいつものように、ただし今回はいつも以上に、その曲が自分のなかでふくれあがり、背骨をうずうずさせるのを感じていた。彼はベティに口づけをし、ふたり揃って声を上げて笑い、おもむろに通路を歩きだした。

ライスの言った通りだ。結婚するのは大変なことだ。

教会から出てくる新郎新婦を見ようと外で待っていた老婦人とふたりの小さな男の子だけが、ジョーンズ夫妻としてのふたりの最初の会話を耳にしたのだった。

「シャーマン・ノース殺しの犯人をだれが知っているか教えようか?」新郎が言った。

「まあ、ダーリン、教えてちょうだい」新婦が息を弾ませて言った。

「だれもいないんだ!」ジュピターは勝ち誇ったように言った。「だれも知らないのさ。殺した本人さえね」

第二十二章

披露宴はマウント・オーバーン通りにある、シンシア一族の邸宅で行われた。庭に巨大なテーブルが置かれ、集まった客たちは昼食会の最中である。流しのアコーディオン弾きが、耳慣れた旋律を演奏していた。

ライスはひたすらシャンパンを飲んでおり、すでに顔が赤くなっていた。ジュピターはときおり鶏肉やサラダをつまんだが、目下のところ、食事は比較的どうでもいいことに感じられた。

「いや、やりとげたな」ライスがこう言うのは、もう八度目だった。「我々はあの場で声を震わせることもなく、りっぱに立っていたんだから」

「あなたは最高だったわ、エド」ベティが言った。「緑色があなたによく似合ってる」

ジュピターはパーティを楽しんでいたものの、ちらちらと時計ばかり見ていた。いま一時半で、飛行機は三時半に離陸する。あと数分のうちに、ハーバードスクエアではスタジアムに行進するためのパレードが形成される。そこに卒業十年目の卒業生たちと、いま自分がもっとも会いたい男たちが集合するのだ。なんとかして、彼らから話を訊きだすことができれば……。

「きみの夫は心ここにあらずだな」ライスがベティに言った。

「しかたないわ。殺人事件の謎を解いたばかりなんですもの」

「本当かい?」

「ああ」ジュピターは言った。「ぼくはどうするべきだろう」

「だれがやったんだ?」

「それはわからないんですって。だれも知らないのよ。だけど、謎は解けたのよね」

「そうなんだ。謎は解けたよ。だれがノースを殺したかはわからないし、動機もわからないんだけどね。嘘みたいな話だろう?」

ジュピターは自分のグラスを空けると、背後にいたウェイターに『お代わり』と合図をした。確かに、これは前例のない状況だ。これから二時間も経たないうちに、自分は飛行機で旅に出かけ、同窓会はお開きとなり、件の問題については、生涯、自分が抱えたまま生きていくことになるだろう。それも、ひょっとしたら自分の考えは間違っているんじゃないかという疑惑だけでなく、事件解決につながったであろう事実を警察に明かさなかったのだという後ろめたい気持ちとともに。だが、この殺人の裏にどういう事情があるのかがわかれば、自分のつかんでいる情報をどうすべきか決められるかもしれない。これは単に仕事をやりかけのまま放置しないという問題ではない。自分の良心のためにも完全な答えを手に入れなくてはならないのだ。

「二十分ほどの用事のために、スタジアムに行ってくる」

「結婚してまだ一時間半しか経たないというのに、この人ったら、もう出かけたいなんて」ベティが言った。「スタジアムでなにをするつもり?」

「人から話を訊くんだ」

彼はまたグラス入りのシャンパンを飲み干すと、結婚式前に到達していた興奮状態が蘇るのを感じた。問題は、スタジアムにいるあいだは肝心の話ができそうにないことだった。パレード用の衣装を着ていない者は芝生のフィールドに入れないのだ。

ウェイターにお代わりを補充してもらい、ジュピターはまたグラスを掲げた。

「ベティ、一時間半ほどここから消えても構わないだろうか？　花婿ってのは、こういう席では目立たない存在だし」彼はベティの表情を見ると、こう付け加えた。「時間に余裕をもって戻ってくるよ、約束する」

「しょうがない人ね、どうぞ行ってらっしゃい。事件のことが頭から離れないうちは、どうせ上の空なんだから」

「ありがとう、本当に重要なことなんだ」ジュピターはライスを振り返った。「きみの期の本部がどこにあるか知っているかい？」

「ローウェルハウスだったはずだ。道順や指示が書かれたカードをもらったから」

「電光石火で戻るよ」ジュピターは酒を飲み干し、ベティにキスをすると、自分の車へ走っていった。

ハーバード・スクエアはすでに大混雑となっており、川を渡ってゆくパレードの行列が形成されつつあった。ジュピターはやむなく車を止めると、角帽とガウン姿になった大学四年生の列をかきわけていった。彼は一九三一年卒業生本部の案内表示に従い、そこらじゅうを走りまわってローウェルハウスにたどりつくと、受付の男に息を切らしながら言った。「遅れてすみません。エド・ライスです。ぼくの衣装ありますか？」

その男は山積みの箱を指差し、ジュピターは服を脱ぎはじめた。

「パレードに参加するなら急がないと」男は言った。「ぼくはもう行くよ」

彼はすでに衣装に着替えていた。ジュピターはスーパーマンの衣装を見て、顔をしかめた。「この衣装に決めた奴に会ってみたいよ」

「決めたのはぼくさ。きっと大うけするぞ」

「そうだな」ジュピターはそう言うと、タイツを履きはじめた。シャンパンを飲んでいてよかった。素面でこんな格好になれるやつが信じられない。

ジュピターは四分で着替えると、赤いマントをなびかせながらパレード行列に駆け寄った。

音楽隊は演奏しており、行進が始まっていた。音楽隊、四年生、三八年卒、三五年卒。三一年卒はパレードの前方にいるようだ。彼は一六年卒、二一年卒、二六年卒の横を走り過ぎ、ようやく三一年卒の集団に追いついたが、そのあいだじゅうパレードから騒々しい声援が聞こえていた。

「飛べ、スーパーマン！　空に舞い上がれ！」

「空を見ろ。鳥だ、飛行機だ、いや、スーパーマンだ！」

「人は趣味のためになんと大きな犠牲を払うことか」ジュピターはそうつぶやいたが、橋の上で三一年卒の集団に追いついてみると、その他大勢に紛れ込めたのでホッとした。

やがて彼は百名を超えるであろうスーパーマンの群れのなかで、目当ての者たちを見つけだすのは容易ではないということに気がついた。三一年卒の者たちは整然と列を保つ気はないようで、彼らの大部分は飲酒によってすっかり開放的な気分になっているらしく、スーパーマンになりきってジャンプしたり、マントをなびかせたり、両腕を広げて急降下する仕草をしたり、それぞれの思うスーパーマンを演じつつ、ターザンのような雄たけびをあげていた。

どの期の卒業生たちもプラカードを掲げている。そのなかで、三一年卒の者が掲げていたプラカードには「我らのつとめ……スーパーマンは国防へ」だとか「三一年から四一年まで！　我々はスーパーマンでいなければならなかった！」などと書かれていた。

その先にいる三五年卒の集団は上院議員に扮しているらしく、フロックコートにストリングタイ、紙製のテンガロンハット姿だった。彼らの持っているプラカードで読み取れたのは「挙国一致に向けて……貸そう、リースしよう、あるいは寄付を！」、「クリスマスまでに最前線へ！」、「我らにはルーズヴェルトがいる！」などなど。

いっぽう、背後の二六年卒業生たちは時事問題にはさほど関心がないらしく、男性用ニッカーズ、派手な格子柄の長靴下、帽子姿で、全体的な趣旨としては「あの好景気よ、もう一度！」という感じである。彼らはまた、大きな札束を手にしていて、スタジアムに入ると大声で叫びながらそれを空中に放り投げはじめた。

楽団は「ハーバードの一万人」を演奏しており、その調べは無人のスタンド席にうつろに響いている。スタジアムの端では、観客が色とりどりの集団になっており、すでに大学四年生たちは演壇の前に陣取っていた。三一年卒の者たちは競技用トラックを列になって行進し、揃って三五年卒の隣に移動した。

パレードはまだ続いている。二一年卒の旗のうしろに続く農夫の格好をした卒業生たちは、大学四年生たちから喝采を受けていた。最後の「二一年卒」が静かになると、ジュピターの隣のだれだかわからないスーパーマンが言った。「今日は、いつも以上に酔っているよな？」

「世界はいつも以上に酔っている」ジュピターはそう言ってから、なぜそんなことを口にしてしまったのだろうと思った。そしてそのとき、少し離れたところに、ハーラン・ブラウンとカートライトが一緒に座っているのが目に入った。ジュピターが彼らのほうに移動しはじめると、四年生たちが一六年卒たちに声援を送りはじめた。

ハーラン・ブラウンもカートライトも、ジュピターの姿を見て驚いた様子だった。

「こんなところでなにしてるんだ?」カートライトが歓声に負けじと声を張りあげた。

ジュピターは歓声が静まるのを待って言った。「大事な用でなければこんなところまで来たりしない。ぼくは酔っているわけでも、冗談を言っているわけでもない。きみたちと話がしたいんだ。きみたち全員とね」

ブラウンもカートライトも、衣装の奇抜さはすっかり忘れてしまったようだった。

「ぼくたち全員だって?」ちょっとの間のあと、カートライトが言った。「それはどういう意味かな?」

「ガラハッドクラブだか、そんなような名前なんだろう?」と、ジュピター。

また一一年卒業生のための歓声が沸き起こっていた。ブラウンの訊ねるような視線を受けて、カートライトは唇を舐めた。ジュピターの耳に彼は言った。「いったい、なにが望みだ?」

歓声が止んだ。

「きみたちのどちらかにウィンストン、オニール、マシューズ、ブラッグドンを呼んできて欲しい」ジュピターは言った。「そうしたら、ぼくがきみたちに話をして、次にきみたちから話を聞く」

「この男、酔ってるのさ」ブラウンが言った。

「違うな」カートライトがゆっくりと言った。「酔っているとは思わない。どうやって彼がやり遂げたのかは知らないが、我々は彼と話をしなくてはならない」

カートライトは、じっとジュピターを見つめていた。敵意は感じられなかったが、その問いかけるような眼差しに答えてやる必要を感じた。

「カートライト、もし説明が納得できるものだったら、きみたちの提案を聞く用意がある」

「みんなを見つけてきてくれ、ハーラン」ジュピターから目を逸らさずに、カートライトが言った。

「いちかばちか、やってみるしかないだろう」

ブラウンが行ってしまうと、また歓声が起こった。楽団の演奏は続いており、古い期の卒業生たちが続々と入ってきていた。フィールドを見ると端のほうに「一八七二」という数字入りの旗を持った老人がぽつんとひとりでいるのが見えた。

「もうわかっているんだろう?」カートライトが言った。

「ああ、理由以外はね」

「ひょっとしたら、きみにはなら理解できるかもしれない。たいていの人間には無理だろうが」カートライトはそう言って黙り込んだ。「解明できたのだとぼくは信じるが、他のみんなも納得させなければならないぞ」

「納得させるさ」

「それと、きみが警察のために動いているんじゃないということは、はっきりさせたほうがいいと思う」

「ちゃんと伝えるよ」

それ以上、ふたりはなにも言わなかった。マシューズとオニールが人ごみを抜けてやって来ると、無言のままカートライトの隣の芝の上に腰を下ろした。ふたりとも嫌な目つきでこちらを見ており、ジュピターは初めて不安な気持ちになった。

パレードが終了し、卒業生たちはスピーチを聞くために腰を落ち着けている。進行役をつとめる二五年卒の男が、壇上でマイクの前にスタンバイしている。歓声も楽団の音楽も途切れることなく続いていた。

次にブラッグドンがやってきて、その後、ブラウンがウィンストンを連れて戻ってきた。彼らはみな、ジュピターを囲んで芝生の上に座った。司会の男がみなに注目を呼びかけている。

「まず、きみから話してくれ」オニールがジュピターに言った。

「できるだけ手短に話す。ぼくはどうやってノースが殺されたかを知っている。そしてぼくが知る限り、警察は死体が発見されたとき同様、いまもそれについては知らないままだ」

熱狂的な聴衆から野次り倒されている壇上の司会者以上に、ジュピターは周囲の六人から注目を集めていた。

「続けてくれ」と、オニール。

彼らの表情は真剣そのものだったが、あからさまな敵意は感じられなかった。全員が同じ衣装を着ているという滑稽さは、だれもが完全に忘れているようだ。

「了解。これが、月曜深夜に起きたことのあらましだ。オニールとマシューズはゴルフ場に行った。ブラウンは自分の部屋に行ったが寝ておらず、外に出た。ウィンストンはバーでノースと話をしており、カートライトとブラッグドンが座っていたポーチへと言葉巧みに誘い出した」

司会の男がようやく開会の言葉を始めたのを聞いて、ジュピターは声を落とした。

「ブラウンは駐車場へと先回りし、ノースの車のなかで待ち伏せしていた。ポーチにいたきみたち三人はノースを捕まえて彼の車へ運んだ。そのときに彼の頭を殴ったのか、それはもっとあとの出来事なのかは知らない。マシューズとオニールはすでに十一番ホールのティーグラウンド目指して、ゴルフ場を横切り始めていた。それ以外の者たちはノースを後部座席に乗せたノースの車で現場に向かった。あるいは、きみたちのうちのだれかが別の車であとをついていったのかもしれないが、いまは問題ではない」

ジュピターは言葉を止めると、あたりを見回した。だれも表情ひとつ変えていない。ジュピターは緊張で腹のあたりがきゅっと縮むような気がした。

「きみたちは十一番ホールのティーグラウンドで車を止めると、ノースを芝生の上へと運んだ。そのとき、彼は気を失っていたんだろう。きみたちは彼を地面に仰向けに寝かせた。だれかが銃を持ってきた。たぶんオニールだ。それが拳銃だったのは間違いないと思うし、六発の弾が込められていたが、そのうちの五発は空包だった」

ジュピターは淡々と語るよう努めたが、それは至難の業だった。周囲の騒がしい状況が気になる。ラウドスピーカーからは、さっきとは別の人間の声が流れており、聴衆が笑っていることから判断して、卒業生総代のスピーチらしい。

「五発の空包と一発の実弾。だれかが銃の薬室を回転させた。その回転が止まったとき、どれが実弾かはだれにもわからなくなっていた。その状態で、ノースを木陰に横たえたまま、きみたちは順番に銃を持ち、それぞれノースの上に屈みこんで一発ずつ発射したんだ」

「なんてこった」ブラッグドンが小声で言った。

「もう少し、聞こうじゃないか」と、オニール。

「ノースは死んだが、実際にだれが彼を殺したのかはわからないまま、きみたち全員はホテルに戻ったんだ」

だれも口を開かない。拡声装置越しにはっきりとスピーチが聞こえてきた。「我々はこの困難な時期に社会へ出てゆきますが、それについて言うことはたくさんあります。つまり、我々には多くの労働と月二十一ドルの給料が約束されているわけです」

軽い笑いが起こった。

「例の女の足跡についても聞かせてもらえるんだろうな」オニールが促した。

「もちろんだ。あれは非常に間の悪い出来事だった。ジェーンは、よりによってその問題の時間にきみに電話をかけてきたのみならず、ゴルフ場まで探しに来た。きみたちがゴルフ場へと向かった直後にやってきて、あとを追ってきたんだ。彼女にはきみたちがなにをしているのかはわからなかったが、ゴルフをしていないことはわかった。そのとき、彼女は車のライトを見て、その場にじっとしていた。そしてそのまま銃声を聞き、そのあとできみたちがなにをしていたのか見にいき、ノースの遺体を発見した。それで彼女は靴を脱ぎ、自分の車へ駆け戻った。翌朝、ジェーンは再び、きみ、つまりオニールに電話をし、きみは彼女に警察に聞かれたらどう答えたらいいかを教えたんだ」

「そもそも、彼女がおれにどんな用があったというんだ?」

「それはきみから話してもらおう。ぼくは実際に起こったことを伝えているだけだ」

「確かになかなか説得力のある話だ」オニールが認めた。「じゃあ、だれがおれに発砲したかも話してくれるんだろうな」

「ああ、それについても説明できる。だがまず、警察がノース邸に行ったときになにがあったか説明させてもらったほうがよさそうだ。アンは事前にカートライトに電話をしており、彼からジョンソンの店で会えるよう努力するといわれていた。だが、カートライトは実際に行けるかどうかわからなかったので、ブラウンを店に送り込んだ。そしてブラウンはすんでのところで警察との鉢合わせを免れる。カートライトはアンとふたりきりで話ができるよう確実を期し、彼女に状況を説明し、さらに警察への対応をレクチャーした。だが、ぼくと一緒に帰路に着いたカートライトは、ぼくの言葉の端々から、ぼくが自分で気づいている以上に真相に迫っていることに気がついた。そのときすでに、ぼくはオニールとアンの妹のあいだになんらかのつながりがあるのではないかと疑いはじめていたんだ」

総代のスピーチが終わり、拍手喝采が沸き起こった。ジュピターはそれが静まるのを待って、話を続けた。「そこでだれかが、全員のアリバイ作りをしたほうが賢明ではないかと思いついた。アンとジェーンと、彼女たち以外全員のね。そのとき、ぼくはまだホテルにいたし、例えぼくがいなかったとしても、オニールへの発砲騒ぎがあったことで、きみたち五人は有利な立場になるはずだった。実際、それが起こったとき、きみたちはみなぼくと一緒にバーの外のテーブルにいた。オニール、きみはだれかがまだ自分の部屋にいる可能性のほとんどない夕食直前の時間を選び、自分の部屋から出て、鏡を目がけて発砲したんだ」

オニールさえ、この指摘には言うべき言葉が見つからないようだった。

「嫉妬深い夫云々という作り話は別として、ぼくはきみが殺人についてなにか知っているに違いないと踏んでいた。実際問題、あれはとっさの思いつきにしては悪い話じゃなかったと思う。いずれにせよ、あの発砲騒ぎの真相がわかったのは、きみのネクタイが結ばれていなかったからなんだ」

「オニールのネクタイが？」カートライトが訊ねた。

「そうとも。銃声後、ぼくらが二階に行ったとき、彼はネクタイを結んでいなかったのに、上着は羽織っていた。率直に言って、ぼくはこれまでネクタイをする前にディナージャケットを着る奴は見たことがない。実際、そんなことは無理だからね。だからきみはすべて身支度を整えてから、まだ支度の途中だったと見せかけようと決めて、ネクタイを抜き取ったに違いないんだ」

カートライトとブラッグドンは感心したような顔つきになったが、他の者たちはあいかわらず無表情だった。新たな話者が壇上に現れたらしく、「お国のために従軍しているハーバード大卒業生たちの人も羨む実績が」という言葉が聞こえてきた。

「きみたちに伝えるべきことは、まだいくつかある」ジュピターは話を続けた。「オニールの発砲騒ぎが自作自演だと気づいたあとも、ぼくはノースの身になにがあったのかはわからなかった。ただし、ブラッグドンがノースの車の後部座席にいたこと、そして、ブラッグドンがそこにいた以上、カートライトとウィンストンのアリバイが無効だということはわかっていた」ジュピターはブラッグドンを見つめた。「きみのマッチ棒を折る癖は、犯罪においては障害だと言わざるをえない。きみはここに座っているあいだ、もう三本も折っている」

ブラッグドンの前の芝生には三本の折れたマッチ棒があった。彼はそれを拾い上げたが、なにも言わなかった。

「それから時計につける剣の飾り《チャーム》のことがある。アンを含むきみたちのほとんどが、それを見たことがあるのはすぐにわかった。一発ではなく六発の銃声がしていたと突き止めたとき、ぼくはどう考えたらいいのか見当がつかなかった。だが昨夜、ジェーンに会って、ぼくがたまたまガラハッド卿のことを口にしたら、彼女はその名前を知っていた。そしてなぜノースが同窓会で殺されたのかを考えるとき、それには必ず理由があるはずなのはわかっていた。きみたちのうちのだれもノースとは十年間会っていなかった。少なくとも、きみたちはそう言っていたし、実際のところ、きみたち同士もあまり頻繁に会っていたようには見えなかった。しかしながら、きみたちのあいだにはある絆があった。ぼくは飾り《チャーム》のことを思い出し、きみたちが大学在学中にある種の秘密クラブを作っていたに違いないと見当をつけ、きみたちがあの飾り《チャーム》を作らせたボストンの店で名前のリストを手に入れたんだ」ジュピターはしばらく話を中断すると、呼吸を整えた。「というわけで諸君、今度はきみたちが、なぜノースを殺したのかについて話す番だ」

先ほどからのスピーチは続いていた。「というわけで、いま再び、我々は身を挺して働くこと、汗水流し、命懸けで働くことを求められています。国は我々がリーダーシップを発揮することを期待しており……」

無言のまま、芝生に円になって座っている七人の男たちは、このスピーチに聴き入っているかのように見えたが、ついにカートライトが口を開いた。「我々としては、ミスター・ジョーンズが非常に説得力のある主張を展開していると認めざるを得ないだろう」

「それで、この男はこの件についていったいどうするつもりなんだ?」オニールが訊ねた。

「彼は我々の話の内容次第だと言っている。ぼくは彼に話すべきだと思う」

「いいさ、話せよ」と、ウィンストン。

「きみの説の大筋は正しい」カートライトが認めた。「ぼくらは大学時代にクラブを作っていて、それはガラハッドという名前だった。ある晩のダンスのあとに結成したんだ。ぼくらはアン・リトルと行動をともにしていて、それが自慢だったんだと思う。とにかく、ぼくらは彼女に永遠の愛を誓うような流れになった。きみも彼女に会ったからわかるだろうが、彼女はいまも男をそんな気持ちにさせる女性だ」

ジュピターは頷いた。確かにそうだ。

「当時は彼女の父親が自殺を遂げた直後で、ぼくらは彼女を守ってやらなければと感じていた」カートライトはちょっと言葉を止めると、かぶりを振った。「いまになってみるとなんだか馬鹿馬鹿しく聞こえるがね。彼女はシャーム・ノースと結婚し、それでガラハッドは解散となった。ぼくらのうち、だれもノースとはあまり親しくなかったが、彼には金があったし、おそらくアンはぼくたちの取り巻き行動に対する反発から彼のことを好きになったんじゃないかと思う」

カートライトは一息つくと、地面を見つめた。「ぼくたちのなかには彼女に惚れていた者もいたかもしれないが、全員が失意を乗り越えた。少なくとも、この冬まではそうだったんだ。三月、ぼくはなんの前触れもなく、アンからの手紙を受け取った。弁護士のぼくに離婚の相談をしたいという手紙だった。そこでぼくはボストンに足を運び、彼女と話した。詳しいことは省くが、少なくともこの六年ほど彼女の結婚生活はうまくいっていなかった。彼女には息子がいて、金はなく、ノースは離婚してくれそうになかった。これはぼくの言葉を信じてもらうしかないが、彼女が離婚を成立させ、そのうえで子供を引き取ることも不可能だったわけではない」

彼はまるでスピーチの主がだれか特定しようとでもするように、演壇のほうに目をやった。

「だが、彼女が自分で立証しないかぎり、離婚を成立させる法的根拠はなかったし、ノースは子供の親権をめぐって争い、それを勝ち取っただろう。健康が損ねられるようなことはなかったが、彼女は最上級のろくでなしだけしか考えつかないような、手の込んだ一種の拷問に耐え続けていたのだ。とはいえ、そんな主張は法廷では通らないだろうし、ぼくは彼女にそう言った」カートライトは再び言葉を止めた。「そうしたら、彼女は子供だけは手放すわけにはいかないと言い、話はそこまでだった」

聴衆はスピーチに少し飽きかけており、野次が増えだしていた。ジュピターは「アメリカの運命」という言葉を聞き取り、そこに潜む不安を理解した。ブラッグドンはまた新たなマッチを折り、ブラウンは一つかみの芝を引き抜き、手のなかでもてあそんでいる。

「ぼくはニューヨークに戻った」カートライトが話を続けた。「ぼくは彼女のためになにもできなかったことに動揺し、ガラハッドを結成したときの我々の勇敢な誓いについて考え続けた。それは子供っぽい誓いだったかもしれないが、あのときはそうは思っていなかった。ある日、ぼくは昼にオニールと会い、その件について話すと、オニールから他のメンバーにも伝えるべきだと言われ、そうしたんだ」

先ほどからの壇上の男はようやく卒業生に向けた挨拶を終え、自分の席に戻った。

「だれが最初にノースを殺すことを思いついたかとか、ぼくらがどうやってその方法を考えだしたかについては問題ではない」いまや抑揚のない早口で話しているカートライトが言った。「他人が聞いたらどう思うかは知らないが、ぼくはそれを成し遂げたことに満足しているし、必要とあらばもう一度だってやる。きみは昨日、人生のこの時期にほとんどの人間が感じる落ち着かない気持ちについてあれこれ言っていたが、おそらく、今回のこともそれと関係があるのかもしれない。理想主義の最後の試みと呼んでもらっても構わない」

そうだろうとも、ジュピターは思った。きみたちは今回のことをそう呼ばずにはいられないのだ。人殺しには似つかわしくない呼び名だが、ジュピターは自分の取るべき道についてすでに心を決めていた。シャーマン・ノース殺しの罪があるとすれば、それは時代の罪だ。「汝、殺すなかれ」には段階がある。彼自身、惨たらしく人を殺すことはためらうにしても、もし人々がそれを必要なことだと感じているならば見逃すこともありうる。この世界において、殺すことは生活の一部だが、ここにいる男たちは彼らが理解できる大切なもののために殺したのだ。シャーマン・ノースに六発の銃弾ではなく一発の銃弾を打ち込んだとき、彼らは残虐さに対する文明人としての嫌悪感に対してぎりぎりの譲歩をし、たとえ皮一枚にせよ、これ以上はないほど明確に非文明人とは一線を画したのである。

彼ら全員から見つめられているとき、楽団がハーバード卒業式歌の演奏を始めた。スピーチが終わり、卒業生たちは立ち上がって「麗しきハーバード、汝の息子たち、この日を祝いたる者の群れに加わり」と歌い出した。

そう、ハーバードよ、おまえには大勢の息子たちがいて、そのなかには善良な者もいれば、邪《よこしま》な者もいるが、いまここにいるのはごく標準的な者たちだ。警察がシャーマン・ノースの死の謎を解くことにより、そんな息子がこの先ひとりでも失われる可能性は限りなく低い。ワトキンズ地方検事が真相に近づくことはあるかもしれないが、全貌を明らかにすることも、事件を司法の場に持ち込むこともできはしないだろう。ノースの母親は、これ以上、世間の注目を集めることは絶対に避けたいだろうから、結局、事件は迷宮入りになるに違いない。あのトム爺さんは銃声を聞いたことすら忘れてしまうだろうし、ジェーン・リトルはあの夜、なぜオニールに会いに行ったかを人に話すことはあるまい——きっと、それは姉の状況をなんとかしてくれないかと彼に頼むためだったに違いないのだ。ガラハッド・クラブが結成されたとき十四歳だった彼女は、きっといまも彼らの誓いに深い感銘を受けているのだろう。確かに、その誓いは単なる誓い以上のものだったことが証明され、いまやすべてが終わった。

「麗しきハーバード」の合唱が大歓声とともに終わり、今度は紙吹雪の投げあいが始まった。観客たちも自分の容器を開け、空中は突如として紙吹雪でいっぱいになった。

ジュピターが手を差し出すと、カートライトがその手をとった。

「諸君、ぼくに言えることはこれだけだ」ジュピターは喧騒のなかで声を張りあげた。「これから新婚旅行に出発する。ぼくに関する限り、この事件はこれで終わりだ」


ジュピターは裏口からシンシアの家に入った。時間に気づいてスタジアムからタクシーで直帰し、まだスーパーマンの衣装を着たままだ。あとでライスが服と車を取ってきてくれるだろう。いまは飛行機の時間に間に合うよう大急ぎで出かけなければならない。

ジュピターがキッチンに入ると、メイドが悲鳴を上げた。彼はメイドを安心させるために立ち止まったりはせず、そのまま奥の階段を駆けあがった。彼は途中、さらに二人の召使をぎょっとさせながら自分の控え室としてあてがわれている部屋へ行き、鞄に自分の旅行用スーツを詰め込んだ。ドアをノックする音がして、ベティが部屋に入ってきた。彼女は上品なギャバジンの旅行用スーツを着ている。

「準備はいいかい？」ジュピターが尋ねた。

彼女はくすくす笑うばかり。

「ぼくの格好は気にしないでくれ」ジュピターは言った。「すぐに空港へ向かい、飛行機が出発するまでには着替えるよ」

彼のタイツは混雑のせいで少々ずりおちており、膝のあたりがだぶついていた。「ジュピターったら！」彼に抱きつきながら、ベティは声を上げて笑った。「ひどい格好だけど、あなたはわたしの夫なんだわ！」

彼は片手にスーツケースを持った。「用意完了かい？」

「ええ、さあ行きましょう、あなた！」

二人は急いで階段の上に行った。すると、すでに始まっていた招待客たちからの冷やかしや紙吹雪がぴたりと止まった。

そのとき、ベティの父親の大声が響いた。「なんてこった、わしの娘婿を見ろ、スーパーマンだぞ！」

二人が階段を下りて行くあいだ、いっそう熱気を帯びた大騒ぎが再び始まった。

突然、大勢の招待客のうしろのほうで、だれかが倒れる音がした。ライスだった。彼は、とうとう気絶したのである。

訳者あとがき

一九三六年、ハーバード大学の学生だったティモシー・フラーは、わずか二十一歳で作家デビューを果たしました。デビュー作の「ハーバード大学殺人事件」（一九三六）は、大学在学中に肺結核にかかり、療養中の気晴らしにわずか数ヵ月で執筆したと言われています。

それを読んだ文芸批評家で高級文芸誌 *Atlantic Monthly* 編集長だったエドワード・ウィークスは出来栄えに感心し、それまで同誌にミステリ作品の掲載例がなかったのを承知で、「ハーバード大学殺人事件」の掲載に踏み切ったというのが、フラーの華々しいデビューエピソードですが、まだ学生の身分での早すぎる作家デビューが、本人にとって本当に幸いだったのかどうかは疑問です。作家にとっては、日の目を見なかった数々のお蔵入り作品や、そのあいだのさまざまな苦労や挫折といった人生経験こそが、その後の創作活動にとっての宝だからです。

Reunion with Murder
（*1941, TRIANGLE BOOKS*）

ともあれ、フラーの第二作 "Three Thirds of a Ghost"（一九四一、未訳）はやや精彩を欠く出来栄えで、世間からの評価もいまひとつだったようですから、第三作となる本作「ハーバード同窓会殺人事件」は、彼にとって、作家生命を賭けた渾身の作品だったに違いありません。

デビュー作、そして「ハーバード同窓会殺人事件」(一九四一)の最大の特徴は、ハーバード大学が物語のなかで事件と深く関わっていること、そして主要登場人物の大部分がハーバード大学関係者であることです。これらを読むと、作者の一見シニカルなようで深い母校への愛と、ハーバード卒業生としてのプライドがひしひしと伝わってきて、出身校である大学について思いっきり語りたいがために小説を書いたのではないかと思えるほどです。シリーズ探偵で主人公のジュピター・ジョーンズは美術が専門で、犯罪研究を趣味とし、現在では「他にやることも思いつかないから」(本書一一九頁)ハーバードに残って講師をやっているといっていますが、じつは大学が好きで、そこを去る決心がつかないのではないでしょうか。

ところで、ハーバードは他のあらゆる学内活動と同じように、同窓会についても、その威信を賭けて実施しようとする。(本書十頁)

(略)ハーバード大卒の人間は、自分がハーバード大卒だということをけっして忘れることがないというのは本当だが、各自がその特異性にどれだけの価値を置くかは一定ではない。(本書五一頁)

ハーバード大出身の探偵小説家には、「グリーン家殺人事件」(一九二八)や「僧正殺人事件」(一九二九)で有名なヴァン・ダイン(一八八八〜一九三九)もいます。

文芸および美術評論家だった彼は、一九二三年に神経衰弱を患って長期療養を余儀なくされ、その後二年間の闘病生活の際に気分転換として大量の探偵小説を読破し、退院後にみずからも執筆をはじめたと伝えられてきましたが、近年の研究でこのエピソードは宣伝用のプロフィールデータであることが判明しています（国書刊行会『ファイロ・ヴァンスを創造した男』より）。療養中に探偵小説を書こうとフラーが思いついたのには、ヴァン・ダインの成功が頭をよぎったからに違いありません。その証拠に、本書にはジュピターがファイロと揶揄されているこんなセリフも登場します。

　また腕時計を盗み見ているジュピターにベティが言った。「いつ発つの、探偵さん《ファイロ》？」（本書二九頁）

　物語の舞台となるのはハーバード大学の卒業生たちが集まる同窓会です。殺人の第一発見者がデビュー作にも出てきた、あのキャラクターなのはご愛嬌。ジュピター・ジョーンズのもとに親友で漫画家のエドから助けを求める電話がかかってきたのは、なんと人生最大の晴れ舞台、結婚式の前日でした。エドはゴルフ場で射殺された大学同期のシャーマン・ノースと同窓会の宿割りで相部屋だったうえに、その他の不幸な偶然が重なり殺人事件の重要参考人になってしまったのです。結婚式で新郎付添人代表をやってもらうことになっているエドからの頼みとあっては、ジュピターも放っておくわけにはいきません。それから一日半ほどのあいだに、ジュピターは殺人事件の現場に乗り込み、警察の調査に同行し、独自の調査も行い、結婚式を挙げ、最終的に謎の解明と自分なりに事件との決着をつけるという八面六臂の活躍を見せることになります。

　直感力、推理力、行動力、洞察力もあるジュピターですが、その調査方法はかなり強引です。「おいおい！」と、突っ込みを入れつつ楽しみましょう。この若さと勢いこそが探偵ジュピターの、ひいてはティモシー・フラーの持ち味ですし、当局から依頼されたわけでもないのに捜査に介入する素人探偵なんて、もとより暴走タイプに決まっているのですから……。

本作は、軽いユーモアタッチとときおり顔をのぞかせるペダンティズムが魅力ですが、じつはかなりの問題作でもあります。想像力豊かな読者のみなさんが探偵の立場、警察の立場、被害者の立場、犯人の立場、どこに自分を置いてみるかで事件の様相はがらりと変わって見えることでしょう。書き手の意図はさておき、もっともそうは見えない人物こそが、じつは一番したたかな怪物であるかもしれないのです。

ちなみに、本作の原書が出版された一九四一（昭和一六）年は、日本がハワイの真珠湾を攻撃して太平洋戦争が勃発した年ですから、この五年前の「ハーバード大学殺人事件」では皆無だった戦争の影が色濃く漂っています。当然のことながら、人々の頭には徴兵や戦争のことが常にあり、登場人物はしばしば戦争について語ります。例えばこんなふうに――。

「わたしたちはドイツ国民と争っているのではないわ。相手はあくまでも彼らのリーダーよ」ベティが厳かに言った。
「スローガンを剝ぎ取ってしまえば、殺すのも殺されるのも気が進まないというだけのことさ
（略）」（本書一八九頁）
「大量殺人と単独殺人ですよ。なぜか、単独殺人の場合のみ電気椅子送りになる」
「ああ、なるほど」男はあいまいに笑った。「彼らも同じ目に遭わせるべきなんだ。ヒトラーから順番に。それが唯一の解決策だよ」（本書二〇五頁）

さらに「ハーバード同窓会殺人事件」のもうひとつの特徴であり、魅力にもなっているのが、探偵小説のスタイルをとった青春小説であることです。ウィキペディアによれば、主人公を含めた登場人物が若年なのが青春小説の条件のひとつということなので、三十代前半が「若年」に当てはまるのかどうかという問題はありますが、大学時代に思い描いた自分の未来と卒業後十年経っての現実の自分とのギャップに葛藤している登場人物たちの姿には、きっと多くの読者が共感するのではないでしょうか。ハーバード大卒という学歴エリートであっても、あるいは、エリートという自負があるからこそ現実に満足できない気持ち、そして、若者特有の理想主義やロマンチシズムは、この小説の隠れたテーマと言っていいと思います。

「確かに。だけどぼくは、生きていてこれぐらいの年代に多くの者が経験する、大いなる懐疑の念というものに興味を抱いているんだ。ぼくはかつて、自分がなにをしたいのかはっきりとわかっていた。それがいまになって、自分は果たして正しかったのかと考えるようになっているんだ」

「いわゆる自己不信の日々だな」と、ブラッグドン。

（略）「ぼくが言いたいのは、十年目の同窓会のころに人は突然、これまでの自分を振り返り、ああ、卒業からもうそんなに経ったんだということと、いま自分はどのあたりにいるのか考えるということさ」（本書一三八～一三九頁）

発表作品がわずか五作と少ないうえに、これまで邦訳されたのは前出の「ハーバード大学殺人事件」のみですから、フラーをご存知のかたは多くはないと思います。

しかし、本書はジェイムズ・サンドーが〈大学図書館の備えるべき探偵書目〉として選んだ「読者へのミステリ・ガイド」の一冊として、ニコラス・ブレイクの「野獣死すべし」（一九三八）やアガサ・クリスティ「アクロイド殺し」（一九二六）、コナン・ドイル『シャーロック・ホームズ全集』（一九三六・刊）、エドガー・アラン・ポー「モルグ街の殺人」（一八四一）など傑作中の傑作と肩を並べています。そして、このサンドーのリストはハワード・ヘイクラフトが編んだミステリ評論の名著『ミステリの美学』（仁賀克雄・編訳／成甲書房、二〇〇三／原著一九四六）にも掲載されて広く知られているのです。

原著出版から七十年以上を経て、そんな埋もれた名作を訳す意義と幸福を思いつつ、機会をくださった論創社編集部の黒田明さんに心から感謝いたします。ひとりでも多くの方に、ジュピター・ジョーンズの冒険を楽しんでいただけることを願ってやみません。


〈ジュピター・ジョーンズ〉シリーズ作品リスト

1 Harvard Has a Homicide（一九三六）『ハーバード大学殺人事件』（高橋淑子・訳／青弓社、一九九二）※「新青年」一九三七（昭和一二）年二月増刊号掲載の「海外探偵小説十傑」で大江専一が第一位に選出
2 Three Thirds of a Ghost（一九四一）
3 Reunion with Murder（一九四一）『ハーバード同窓会殺人事件』（清水裕子・訳／論創社、二

〇一五）　※本書。ジェイムズ・サンドーが「読者へのミステリガイド」で〈大学図書館の備えるべき探偵書目〉に採用

4　This is Murder, Mr. Jones（一九四三）

5　Keep Cool, Mr. Jones（一九五〇）

未来へのカウントダウンミステリ

羽住《はすみ》典子（ミステリ評論家）

アメリカでは、新郎が独身最後の夜を同性の友人と過ごすパーティーを行うことを、バチェラー・パーティーと呼んでいる。「独身さよならパーティー」と邦訳されるこの風習は、女性の目が光らないのを幸いに、ストリップ鑑賞をすることが多いそうだ。アメリカのアニメ「ザ・シンプソンズ」にも「パーティーはこりごり」というエピソードで、この様子が描れている。

本書の主人公であるジュピター・ジョーンズの場合は、気楽な飲み会ではなかった。ハーバード大学在籍中に出会った二学年年上の親友が、殺人事件の容疑者になってしまったからだ。

親友は数日間にわたって開催される卒後十周年の同窓会に出席中で、事件はその二日目の朝に起きた。宿泊先の貸し切りリゾートホテルのゴルフ場で、同窓生の射殺死体が見つかったのだ。くじ引きによって被害者と同室だった親友は、泥酔していたから前夜の記憶が定かではない。なのに、目覚めたら衣服に大量の血がついていて、右手は怪我をしている。知らせを聞いたジュピターは、結婚式の付添人を務める親友を救うために婚約者のベティを伴い、ケンブリッジから同窓会開催地であるサイオセットに向かった。こうして、かつて幾度かの事件を解決した経験のある素人探偵にふさわしいバチュラー・パーティーの幕は上がったのである。

幸い親友の容疑は晴れたものの、事件は難解そうだ。被害者は至近距離から撃たれていて、なおかつ後頭部も殴られている。気絶させられ、ゴルフ場までは自身の車で連れて来られたと思われるが、ハンドルとドアの指紋は綺麗に拭き取られていて、車内にはガラクタのようなものしか残っていない。凶器の銃はどこにも見当たらず、芝生にはなぜか女性のハイヒールの足あとがついていた。

なぜ同窓会で、それもわざわざゴルフ場で殺されたのだろうか。殺人はあらかじめ計画されたものだったのか。動機はいったい何なのか。ひとつひとつの疑問を解消しながら犯人を導き出そうとするさなか、ホテル内で他の同窓生を狙ったと思わしき発砲事件が起きてしまう。

同窓会がベースとなるミステリ作品といえば、国内では折原一『沈黙の教室』（一九九七年）、石持浅海『扉は閉ざされたまま』（二〇〇五年）が代表的だ。前者は過去に残酷ないじめが起きたある中学校の一クラスの同窓会で、大量殺人計画が企てられているといった、ホラーとサスペンスが入り交じった作風である。後者は、大学の軽音部出身者が久しぶりに集まり宿泊した夜、主人公が仲間の一人を殺害し、いかに警察の介入を阻止し遺体発見を遅らせられるかを奮闘する倒叙ものだ。また、現在入手困難であるが吉村達也『邪宗門の惨劇』（一九九三年）でも、同窓会が絡んでくる。

海外作品では、相次ぐ同級生の死と新たな惨殺事件に主人公が巻き込まれるエヴァン・ディレイニー・シリーズ第四弾『死の同窓会』（原著二〇〇五年）、吹雪の山荘に集まった探偵学校の卒業生たちが次々と殺されていくエリック・キース『ムーンズエンド荘の殺人』（原著二〇一一年）、「論創海外ミステリ」37巻ウィッティング・クリフォード『同窓会にて死す』（原著一九五〇年）が挙げられる。クリフォード作品は、一九四一年に発表された本書と時代背景が近く、華やかな催しが続くイギリスの伝統校の同窓会の最中に、卒業生の一人が凶弾に倒れるという点でも類似している。ただ、人物や式典模様などを細かく描いた後に事件が起きるので、パズル性を重視する読者はいささかもどかしさを感じるかもしれない。

これらの例に挙げた作品は、主人公も同窓会出席者だという特徴がある。ある者は死を哀しみ、ある者は自身も殺されるかもしれないという恐怖に怯え、ある者は犯行が露見しないように息を潜めているという枠の中で、主人公は翻弄されていく。

一方、本書の主人公は、同じハーバード大学の出身であっても在籍年度が異なるため、このイベントにおいては部外者だ。外側に立つ者の視点が中心となって物語が進んでいくので、人物に対する先入観はほとんど生じない。卒業から今までの肩書きなどを記載する同窓生たちのクラスレポートだけが、各人の個性を判断する材料となっている。エリートコースを歩む者もいればそうでない者もいるが、インテリという本質においてはさほど大差がない。四十年ぶりの殺人事件に戸惑うホテル支配人、あまりやる気の感じられない警察署長、敷地の付近に住みつき自分をまだ夜警備員だと錯覚している老人、ジュピターをも魅了する妖しげな被害者の妻とその妹など、同窓生以外のほうが一癖も二癖もありそうな人物ばかりだ。先入観がないからこそ、ジュピターは些細な発言の矛盾、無意識による癖、不自然な行動を見つけ出し、真実を突き止めていく。冒頭は死体が見つかってからジュピター登場までの経緯が描かれているので、読者が得ている情報は若干多い。だが、ほぼ探偵役と同視点で謎解きを楽しむことができる。

「訳者あとがき」でも触れられているように、些細な手がかりから犯人の導き出し方までは論理的とは言い難い。いささか強引であるにもかかわらず、情報の少ない素人探偵ならではの五感をフルに活かした観察眼が見事に決まる。死体描写やジュピターと親友の電話の内容から、どこに着目すればいいかのヒントのひとつは、序盤ですでに提示されているのだ。あからさまに描いているはずなのに、同窓会に対するうんちくや人生に対する皮肉な考えなどの叙情的な部分によって見えているはずのものが見えなくなり、聞こえているはずのものが聞こえなくなってしまう。つまり、感情移入がいちばんのレッドヘリングと化す作品なのである。

地道な調査がメインであるが、退屈させられることはない。それどころか、本書はどことなく収まりの悪い臨場感に満ちている。なぜなのか。明日の結婚式までに事件を解決できるのか、果たして結婚式は無事に行えるのかといった人生最大のピンチが主人公にかかっているからだ。親友の容疑はすぐに晴れたのだし、被害者の関係者ではないのだから、事件は解決しなくてもいい。それでも放置することができないのは、提示された謎は全て解き明かさなければならないのが素人探偵の宿命であるからなのだ。

ジュピターは無事に事件を解決でき、未来への扉を開けることができた。だが、彼の発言は結果と矛盾している。

「ぼくは事件解決なんかに興味はないよ」とジュピター。「ぼくがここに来たのは、あらゆる形態の人間ドラマに興味があるからさ。今回の事件に積極的に関わるつもりはないんだ」（本書四十二ページ）

実は、本書の最大の謎は、謎解きが終った後に生じる。

「興味がない」と言いつつも、ジュピターは殺人事件についてのフーダニット、ハウダニット、ホワイダニットを解明できた。だが、ある有名作品を彷彿とさせる真相は、人間ドラマなしには成り立たないのに、彼はそこを突っ込まない。殺害時の場面は目に浮かぶとはいえ、犯行にいたるまでの背景や心理状態が不明瞭のままになっているのだ。真実は一問一答できるはずがないのに、ジュピター自身が止めてしまっている。同情からではない。人間ドラマを知りたくないわけでもない。彼には、新婚旅行に旅立つという、探偵役よりも重要な役目があるからなのだ。おそらく、帰ってきてから、明らかになっていない部分を突き詰めていくのだろう。時間はたくさんあるのだから。

こうして、一緒に謎を解いてきたはずなのに、読者は最後に突き放される。もっと深く、そこにいたる経緯を知りたくても、それを知るための手段はない。事件が解決できたから推理小説としての目論見は果たしているとはいえ、これでは不条理感が残る。

きっと、誰かが裏で素人探偵を操り、そしてあらゆるミステリ好きに牙を剝いているに違いない。その人物は、誰よりも事件の早期解決を願っているはずだ。必要最低限の収まりがつけば、ジュピターは未来への扉を開けてくれる。結婚式も間に合う。

探偵役の価値観を変え、本書を陰で進行していたのは、婚約者のベティだ。

「だって、結婚式の前日なのに、わたしは美容院をキャンセルしてまで彼について行ったのよ」

本文のどこにも描かれていないので、邪推でしかない。

だけど、女性は男性を操れる。

本書を読むと、そう思わざるを得なくなるだろう。

〔訳者〕

清水裕子（しみず・ひろこ）

1967年、北海道生まれ。英米文学翻訳家。訳書に『ケープコッドの悲劇』（論創社）。

ハーバード同窓会殺人《どうそうかいさつじん》事件《じけん》

——論創海外ミステリ 144

2015年3月25日　初版第1刷印刷
2015年3月30日　初版第1刷発行

著　者　ティモシー・フラー

訳　者　清水裕子

装　画　佐久間真人

装　丁　宗利淳一

発行所　論　創　社

〒101-0051 東京都千代田区神田神保町2-23 北井ビル
電話 03-3264-5254　振替口座 00160-1-155266

印刷・製本　中央精版印刷

組版　フレックスアート

ISBN978-4-8460-1418-6
落丁・乱丁本はお取り替えいたします